Petites histoires de Brocéliande

Déjà parus :

*Sirènes bretonnes*
*Lutins et Korrigans*
*Lancelot du Lac*
*L'Île d'Ouessant*
*Fantômes bretons*
*Belle-Île-en-Mer*
*Merlin l'Enchanteur*
*Le Pays de Tréguier*
*Cuisine bretonne*
*Le Mont Saint-Michel*
*La Table Ronde*
*Corsaires bretons*
*Brocéliande*
*Fées bretonnes*
*Chouans bretons*

À paraître :

*Le Pays de Dinan*
*Naufrageurs et pilleurs de mer*
*Tristan et Yseult*
*Vieux métiers bretons*


**Design de la collection et illustrations : Studio Paola Fava Design**
ISBN 978-2-84362-424-7

*Petites histoires de…*
Collection dirigée par Dominique Besançon

Textes rassemblés et présentés par
Sylvie Ferdinand

# Brocéliande

2010

NB. Les lieux cités en gras dans le texte renvoient aux astérisques de la carte.

# DES LISIÈRES AU CŒUR DE LA FORÊT ENCHANTÉE

Brocéliande ! Que de prestigieux souvenirs dans ce seul mot ! L'Europe du Moyen Âge ne le prononçait qu'avec dévotion. Il évoquait pour elle, il évoque encore pour nous le dernier Royaume de Féerie demeuré sur terre. Ici se sont déroulées quelques-unes des plus admirables fictions qui aient captivé le cœur des hommes*.

*Pendant l'été 1921, aux* ***Forges-de-Paimpont****, Anatole Le Braz a donné une conférence sur l'enchantement millénaire de la forêt de Brocéliande. En souvenir, le chêne, à l'ombre duquel il l'a prononcée, porte désormais son nom :*

La grande sylve bretonne fut adoptée par l'imagination européenne comme le séjour attitré des prestiges et des ensorcellements. Là retentissait, dans le silence de la nuit, la plainte

* Anatole Le Braz, extrait d'un discours prononcé à Brocéliande, *Contes et Légendes de Brocéliande*, Éditions Terre de Brume, 2006. *(Note de l'éditeur)*

énamourée, le long "brai" déchirant de Merlin, captif des maléfices de Viviane... Là une goutte d'eau puisée à la source miraculeuse de **Barenton** et répandue sur le perron de la fontaine, suffisait pour faire instantanément éclater dans le ciel le plus serein des orages tantôt salutaires, tantôt destructeurs. Mais quelles vertus bienfaisantes ou fatales n'attribuait-on pas à la forêt enchantée!

*Mythe très ancien, remontant à cinq mille ans au moins avant notre ère, la profonde forêt des origines a survécu sous le nom magique de Brécilien puis de Brocéliande. En elle s'est cristallisé l'imaginaire occidental de toutes les sylves enchantées où fleurissent naturellement les contes et les légendes.*

*Au fil du temps, elle a été implantée au cœur de la Bretagne, dans la forêt de Paimpont et ses environs avec lesquels elle se confond de nos jours. Menées dans les années 1980 par le C.N.R.S., des recherches archéologiques ont révélé que cette région avait été occupée par les hommes dès le néolithique, lors de la naissance de l'agriculture. Ils avaient commencé à la déboiser et à y ériger des mégalithes, témoins de cultes très anciens. À cette époque déjà, elle était composée d'une mosaïque de massifs forestiers entrecoupés de terres cultivées, comme c'est encore le cas aujourd'hui.*

*Elle est ensuite devenue un "nemeton", sanctuaire naturel des Celtes qui vénéraient les eaux, les arbres et les pierres. Ayant trouvé refuge sous ses épais ombrages, les antiques croyances païennes, âprement combattues par l'Église, ont longtemps perduré et inspiré de nombreuses légendes. Elle avait aussi le privilège d'abriter la féerique "Fontaine de Barenton", source de prodiges, célèbre dans toute l'Europe dès le Moyen Âge. De plus, elle était émaillée d'eaux vives et dormantes, jalonnée de pierres énigmatiques, d'arbres millénaires et de mystérieux châteaux... Tous les éléments se trouvaient donc réunis dans ces lieux pour une implantation réussie des romans arthuriens issus de la tradition celtique et d'une myriade de contes et légendes populaires. Entreprises dès le XI^e siècle, avec un regain notoire au XIX^e siècle, ces greffes ont parfaitement pris et cette forêt enchantée n'a cessé d'être la source d'inspiration de récits captivants.*

*Égarons-nous dans le labyrinthe de ses merveilles et de ses sortilèges, partons à la découverte de trésors légendaires bien enracinés de ses lisières jusqu'en son cœur. Aventurons-nous à la rencontre de bêtes et d'hommes sauvages, de fées séduisantes, de puissants enchanteurs, de vaillants chevaliers, de charbonniers et de sorciers redoutés. Royaume de féerie, Brocéliande n'a rien perdu de sa magie et demeure ensorcelante...*

# Gaël et Saint-Méen-le-Grand

## Le gardien des cultures

*À la fin du VIe siècle, le moine Mewen arriva du Pays de Galles pour évangéliser la Petite Bretagne où il fut appelé Méen. Il se rendit dans la forêt de Brocéliande où se trouvait alors* ***Gaël****, la capitale de la Domnonée. Il y rencontra Judhaël, le roi de ce grand royaume qui recouvrait tout le nord de l'Armorique*.*

*Comme en ce temps-là, le culte des arbres, des pierres et des fontaines était encore très vivace, Judhaël se réjouit de l'arrivée du saint homme et le chargea de lutter contre ces survivances païennes. Il lui donna une terre qui s'étendait sur les deux rives du* ***Meu****. Avec l'aide de ses disciples, Méen la défricha et y fonda l'abbaye Saint-Baptiste-de-Gaël**.*

* La Domnonée comprenait les anciens diocèses de Vannes, de Cornouaille, de Tréguier, du Léon et une partie de celui de Saint-Malo. *(Note de l'éditeur)*

** Détruite par les Normands, elle fut reconstruite au XIe siècle, à quelques kilomètres au nord, à **Saint-Méen-Le-Grand**. *(Note de l'éditeur)*

*Cependant, les moines se plaignirent à lui des bêtes sauvages qui dévastaient leurs cultures :*

– Nous travaillons en vain, Père Abbé, parce que nous ne pouvons pas protéger les récoltes. En effet, une troupe de cerfs et des bandes des sangliers, forçant un peu partout les clôtures, les franchissent et de leurs gueules cruelles font disparaître tout ce que nous produisons. Il faudrait établir tout autour des gardes et des clôtures piégées pour pouvoir sauver le fruit d'un si grand labeur.

– *Faites confiance à Dieu, répondit-il, il protégera lui-même ses serviteurs quand cela lui paraîtra bon.*

*Mais, dès le lendemain matin, après avoir fini ses prières et fait le signe de la croix, le saint homme se rendit dans les champs. Il vit des foules de bêtes sauvages de toutes espèces qui ravageaient les récoltes.*

– Au nom du Seigneur auquel tous obéissent et dont vous êtes les créatures, s'écria-t-il, je vous ordonne de vous éloigner dorénavant d'ici et de ne pas oser anéantir davantage les travaux des moines, mais de veiller désormais à rechercher plutôt dans le désert la nourriture qui vous est destinée.

Et ainsi les bêtes sauvages s'enfuirent aussitôt, comme obéissant à cette voix et, errant à travers les solitudes selon leurs mœurs habituelles, revinrent chez elles. De plus, elles abandonnèrent par la suite les cultures des moines comme si ces dernières avaient été protégées tout autour par des murs de fer.

*Ce récit clérical visait à éliminer la croyance en l'homme sauvage. D'origine celtique, ce roi de la forêt de Brocéliande se* *faisait obéir des animaux. "D'un cri il les rassemblait auprès de lui et les lançait, s'il voulait, contre ses ennemis."**

*Le gardien païen de la nature sauvage a ainsi été remplacé par un protecteur chrétien des terres cultivées**.*

*En remerciement de l'accueil qu'il lui avait réservé sur ses terres, saint Méen pria le roi Judhaël de formuler un vœu.*

*– Ma fille Onenne a renoncé à tous ses biens et désiré mener une simple existence de gardeuse d'oies. Grâce à ces oiseaux, elle a échappé à des agresseurs qui voulaient abuser d'elle. Depuis, chaque année, un troupeau d'oies suit la procession en l'honneur de la Vierge, le jour de l'Assomption à la fontaine qui lui est consacrée à* **Tréhorenteuc**... *mais elle a malheureusement été atteinte de la rage. Je voudrais que tous ceux qui souffrent de cette maladie soient guéris ainsi que ma fille l'a souhaité en mourant.*

*Comme l'homme sauvage des bois, Méen possédait un bâton et il en a frappé la terre afin de faire jaillir une source. Elle s'est révélée capable de guérir aussi bien les bêtes que les hommes de ce terrible fléau. Le clergé a tenté ensuite de détourner la population locale de la fontaine païenne de* **Barenton**, *réputée "sorcière", au profit des sources chrétiennes consacrées à Méen et Onenne et situées dans les environs ***.*

* Cf. Paul Sébillot, *Le Folklore de France,* 1904-6, extrait. *(Note de l'éditeur)*

** D'après Bernard Robreau, "Le complexe mytho-hagiographique de Brocéliande", *Brocéliande ou le Génie du Lieu*, sous la direction de Philippe Walter, P.U.G., 2002. Extraits. *(Note de l'éditeur)*

*** D'après Bernard Robreau, *ibid. (Note de l'éditeur)*

# Le Gué-de-Plélan et ses environs

## La précieuse couronne

En ce temps-là, le souverain de Domnonée Judhaël, appelé dans la région Hoël III, Roi des Bois, a dû affronter des envahisseurs. À la tête de son armée, il leur a livré bataille en un lieu appelé le **Gué-de-Plélan** et il a remporté la victoire. De retour dans son château, il s'est aperçu qu'il avait perdu sa précieuse couronne ornée de diamants.

– Partez à sa recherche, a-t-il dit à ses trois fils, celui d'entre vous qui la retrouvera me succédera sur le trône.

Josse, Winoc et Judicaël se sont aussitôt mis en route mais, une fois dans la forêt, les deux aînés se sont concertés :

– L'occasion est belle de nous débarrasser du préféré de notre père. Laissons-le s'égarer dans ces bois. Avec un peu de chance, il sera dévoré par des bêtes féroces…

Josse et Winoc ont donc faussé compagnie à leur jeune frère qui a été désespéré de se retrouver abandonné. Longtemps, il les a appelés et il est finalement tombé épuisé au pied d'un arbre. Mais il a été entendu par saint Méen qui s'est porté à son secours et lui a donné une baguette de coudrier* :

– Pose-la à tes pieds. Le petit bout se tournera toujours du côté où tu devras te diriger pour retrouver la couronne de ton père.

Grâce à cette baguette magique, Judicaël est bientôt arrivé au Gué-de-Plélan où il a failli s'évanouir en découvrant un champ de bataille jonché de guerriers ensanglantés. Dès qu'il a été remis de ses émotions, il a posé la baguette à ses pieds et le petit bout s'est tourné vers un énorme bloc de granit assez éloigné. Enjambant les cadavres, Judicaël s'est approché de la pierre et il a vu à côté d'elle un guerrier d'une grandeur exceptionnelle ; couché sur le dos, le corps traversé par un javelot, il tenait encore entre ses mains la précieuse couronne. Sans hésiter un instant, le garçon s'en est saisi et a quitté au plus vite ce lieu sinistre. Dans sa précipitation, il a oublié la baguette magique mais il ne s'en est rendu compte qu'à la nuit tombante. Il n'a donc pu ni retourner sur ses pas ni continuer sa route. Il s'est abrité sous un buisson pour se reposer et s'est endormi paisiblement en contemplant la voûte du ciel étoilé. Dès le petit matin, le joyeux chant des oiseaux l'a réveillé et il a repris son chemin. Tout à coup il a entendu

* Depuis la plus haute antiquité, les baguettes magiques étaient façonnées dans du bois de coudrier (noisetier sauvage) et servaient à découvrir tout ce qui est caché : les objets perdus, les sources, les minerais, les trésors, l'avenir… *(Note de l'éditeur)*

des bruits de pas derrière lui puis des voix familières ; c'étaient ses deux frères qui l'ont bientôt rejoint. En voyant la couronne, Josse et Winoc ont échangé un regard et se sont jetés d'un commun accord sur Judicaël. Ils l'ont frappé si violemment à grands coups de bâton qu'il a perdu la vie. En hâte, ils ont creusé une fosse au pied d'un chêne et y ont enterré leur frère. Puis ils ont rapporté la couronne à leur père qui s'en est réjoui mais s'est étonné de l'absence de son plus jeune fils.

– Qu'est-il devenu ? leur a-t-il demandé.

– Nous n'en avons pas la moindre idée ; il a préféré nous quitter et tenter sa chance de son côté.

Le Roi des Bois a aussitôt ordonné à ses serviteurs de parcourir tout le pays à la recherche de Judicaël mais ce fut en vain. Tous ont pensé qu'il avait été dévoré par des loups et Hoël est demeuré inconsolable. Cinq ans plus tard, alors qu'il voyageait à travers son royaume, il a rencontré un jeune berger. Il soufflait dans un os qui chantait une étrange chanson :

*Mes frères m'ont tué*
*Et se sont emparés*
*De la couronne de mon père.*
*Voilà bientôt cinq ans*
*Qu'un beau jour de printemps*
*Ils me couchèrent dans la terre.*

 – Où as-tu trouvé cet os ?

– Ici, au pied de ce chêne, a répondu le garçon en montrant un monticule de terre ressemblant à une tombe.

Le roi a creusé et découvert le cadavre de Judicaël parfaitement conservé comme s'il venait d'être enterré. Sorti de son bras, un os avait transpercé la terre. Hoël a pressé son enfant chéri contre son cœur et a envoyé le berger chercher saint Méen. Ce dernier s'est jeté la face contre terre et a prié Dieu avec ferveur. Puis il s'est relevé, a replacé l'os dans le bras du cadavre qu'il a oint avec un baume sacré. L'enfant n'a pas tardé à reprendre miraculeusement vie. Le Roi des Bois a fait enfermer Josse et Winoc et il a voulu les châtier. Mais Judicaël a accordé son pardon et obtenu leur grâce. Quand Hoël est mort, Judicaël lui a succédé sur le trône et ses deux frères repentis lui ont apporté une aide précieuse pour gouverner le royaume de Domnonée.

D'après Adolphe Orain, “La couronne du roi de Domnonée”, *Contes de l'Ille-et-Vilaine,* 1901, *Trésor des Contes du Pays gallo,* Éditions Terre de Brume, 2000.

*Bien que devenu le héros d'un conte populaire, Judicaël n'en est pas moins attesté historiquement. Fils aîné de Judhaël, il aurait dû lui succéder à sa mort en 605. Mais il fut écarté du trône par son frère Haëloc qui attenta à sa vie et il aurait péri s'il n'avait trouvé asile auprès de saint Méen. Quand Haëloc mourut, Judicaël abandonna son existence contemplative pour reprendre sa couronne. Il entreprit de nombreuses incursions dans les comtés de Rennes et de Nantes, alors occupés par les Francs qui voulaient soumettre la Bretagne, et il se révéla un guerrier redoutable. Grâce à l'entremise de saint Éloi, Judicaël conclut finalement un traité de paix avec le roi Dagobert en 636. Sept ans plus tard, lassé du pouvoir, il abdiqua au profit de son fils Alaüs et termina ses jours dans le monastère fondé par saint Méen. Des miracles ayant eu lieu sur sa tombe, il fut dès lors considéré comme un saint par les Bretons et fêté le 16 décembre, sous le nom de Gicquel.*

•

## Les Filles des Forges-de-Paimpont

*Le sous-sol de Brocéliande est riche en minerai de fer comme en témoignent ses roches de schiste pourpre et ses ruisseaux teintés de rouge. Remontant au II^e^ siècle avant notre ère, son utilisation a été prolongée par des forges monastiques au XIII^e^ siècle et une fabrique d'armes au* ***Gué-de-Plélan*** *au XV^e^ siècle. En 1653, le massif forestier de Paimpont fut vendu à deux maîtres de forge qui développèrent cette activité. L'exploitation industrielle du fer menée dès 1820, avec une apogée en 1853, connut un déclin en 1857, et l'extinction des hauts fourneaux se produisit en 1884. Pendant plusieurs siècles, des centaines d'ouvriers ont travaillé durement sur ce site placé sous la protection de saint Éloi, orfèvre remarquable devenu le patron de toutes les corporations métallurgiques. Le 1^er^ décembre, jour de sa fête, une cérémonie religieuse était célébrée dans la chapelle qui lui était dédiée. Les* *réjouissances profanes qui lui succédaient donnèrent probablement lieu à quelques "débordements" aux yeux de l'Église... dont témoigne cette chanson :*

*Ce sont les filles des forges (bis)*
*Des forges de Paimpont*
*Falaridon, falaridaine*
*Des forges de Paimpont*
*Falaridaine, falaridon !*

*Qui s'en fur'nt à confesse (bis)*
*Au curé du canton*
*Falaridon, falaridaine*
*Au curé du canton*
*Falaridaine, falaridon !*

*En entrant dans l'église (bis)*
*Ont demandé pardon*
*Falaridon, falaridaine*
*Ont demandé pardon*
*Falaridaine, falaridon !*

*– Qu'avez-vous fait les filles (bis)*
*Pour demander pardon ?*
*Falaridon, falaridaine.*
*Pour demander pardon ?*
*Falaridaine, falaridon !*

*– J'avions ben des culottes (bis)*
*Mais point de cotillons*
*Falaridon, falaridaine*
*Mais point de cotillons*
*Falaridaine, falaridon !*

*– Allez-vous-en les filles (bis)*
*Pour vous point de pardon*
*Falaridon, falaridaine*
*Pour vous point de pardon*
*Falaridaine, falaridon !*

*Elles s'en vont à l'auberge (bis)*
*À l'auberge de Paimpont.*
*Falaridon, falaridaine*
*À l'auberge de Paimpont.*
*Falaridaine, falaridon !*

*– Apportez quinze bouteilles (bis)*
*Du cidre et du vin bon !*
*Falaridon, falaridaine.*
*Du cidre et du vin bon !*
*Falaridaine, falaridon !*

*– J'avons couru les danses (bis)*
*En habit de garçon*
*Falaridon, falaridaine.*
*En habit de garçon*
*Falaridaine, falaridon!*

*Elles ont bu quinze bouteilles (bis)*
*Sans savoir s'il est bon.*
*Falaridon, falaridaine.*
*Sans savoir s'il est bon.*
*Falaridaine, falaridon!*

*– Vous aviez des culottes (bis)*
*Dessous vos blancs jupons!*
*Falaridon, falaridaine*
*Dessous vos blancs jupons!*
*Falaridaine, falaridon!*

*– Apportez la seizième (bis)*
*Et nous la goûterons!*
*Falaridon, falaridaine*
*Et nous la goûterons!*
*Falaridaine, falaridon!*

*– Donnez la dix-septième (bis)*
*Redoublez la ration!*
*Falaridon, falaridaine*
*Redoublez la ration!*
*Falaridaine, falaridon!*

Adolphe Orain, chanson recueillie auprès d'un sabotier de Paimpont,
*Chansons de la Haute-Bretagne,* 1884*.

* Au début des années 1970, elle a été remise au goût du jour avec succès par le groupe Tri Yann. *(Note de l'éditeur)*

# Le Château de Trécesson

Vers 1750, par une nuit d'automne, un braconnier relevait ses pièges, à la clarté de la pleine lune, dans le parc du château médiéval de **Trécesson**. Il entendit soudain du bruit. Craignant d'être surpris dans son activité interdite, il s'empressa de grimper dans un grand chêne. Tiré par de sombres chevaux, un carrosse s'arrêta non loin de là. Deux hommes masqués et habillés de noir en descendirent avec des pelles et ils creusèrent une grande fosse au pied du chêne où s'était réfugié le braconnier. Un troisième homme sortit alors de la voiture avec une jeune femme, vêtue de blanc de la tête aux pieds, qu'il tenait fermement par le bras.

– Ne me faites pas de mal ! suppliait-elle.

– Vous avez déshonoré notre famille et le paierez de votre vie !

Sans la moindre pitié, les trois hommes l'allongèrent de force dans la fosse et la recouvrirent de terre. Dès que les meurtriers furent partis, le braconnier épouvanté descendit de son arbre et courut tout raconter à sa femme.

– Il n'y a braconnage qui tienne ! Tu dois tout de suite prévenir notre maître du crime affreux dont tu as été le témoin !

Monsieur de Trécesson suivit aussitôt le braconnier sur les lieux du drame. Il fit déterrer en toute hâte la victime. Elle était très belle dans sa tenue de mariée et respirait encore. Elle ouvrit les yeux, sourit, soupira, mais rendit bientôt l'âme sans avoir révélé son identité.

Malgré de nombreuses recherches, nul ne put jamais savoir qui elle était, et les assassins, peut-être ses frères, ne furent évidemment jamais châtiés. Bouleversé, monsieur de Trécesson fit porter le corps sans vie dans sa demeure. Il rendit à sa dépouille les honneurs funèbres et lui donna ensuite une sépulture chrétienne près de la chapelle de son château. Il conserva le voile, la couronne et le bouquet de la malheureuse mariée sur l'autel de cette chapelle où ils restèrent jusqu'à la Révolution. Entre-temps, nombreuses furent les jeunes filles qui s'y rendirent en pèlerinage ; en effet, toucher ces reliques leur permettait, croyait-on, de trouver un mari dans l'année.

De nos jours encore, les gens du pays racontent que certaines nuits la silhouette fantomatique d'une dame blanche flotte autour des douves du château de Trécesson. Serait-ce l'esprit de cette jeune mariée dont le crime est resté impuni ? Son apparition annonce, dit-on, un danger ou une mauvaise nouvelle…

D'après Charles Le Goffic, Auguste Dupouy,
*Brocéliande,* Éditions Terre de Brume, 2003.

# La Lande de Tréhorenteuc

## Le Jardin aux Moines

*Dans toute l'Europe païenne, les pierres étaient vénérées, particulièrement en Bretagne où des survivances peuvent encore être observées. Le mégalithe, appelé "**Jardin aux Moines**", est le mieux conservé de la cinquantaine d'autres qui parsèment la Forêt de Paimpont. Datant de l'époque néolithique, ce tertre funéraire est composé d'une alternance de blocs de quartz blanc et de schiste rouge. Voulant détourner le peuple du culte qu'il lui rendait, l'Église l'a associé à un châtiment divin, et depuis, une légende entoure de son ombre mystérieuse ces pierres devenues maudites*.*

*Jadis, Gastern, un seigneur sans foi ni loi, demeurait dans le sombre donjon de **Tréhoranteuk**. Il n'était entouré que de soudards et de mécréants qui détroussaient les voyageurs et*

* Cf. Jacques Briard, "Mégalithes en Brocéliande : légendes, réalité, éternité", *Brocéliande ou le Génie du Lieu, ibid. (Note de l'éditeur)*

*malmenaient les paysans. Seul faisait exception Jehan, son neveu et filleul, qu'il avait recueilli. Plein de bonté, le jeune orphelin a tenté de remettre son oncle dans le droit chemin. Ayant échoué, il a préféré entrer comme novice au monastère de* **Saint-Méen**. *Et le triste sire a continué ses folles équipées et ses chasses acharnées que rien ne pouvait arrêter. Il semblait animé par le diable en personne!*

[...] Un soir — c'était la veille de la Toussaint —, un moine du couvent, s'étant attardé au loin pour accomplir des œuvres de son charitable ministère, vint à passer dans le pays que Gastern fréquentait dans ses excursions ordinaires de chasse ou de maraudage. En ce moment, un orage paraissait sur le point d'éclater. Le pauvre homme, tout occupé de ses prières, tomba tout d'un coup au milieu d'une troupe de gens armés que commandait le terrible Gastern en personne.

– Par ma barbe, dit le sire, qu'une chasse heureuse mettait en belle humeur, c'est un moine, je crois, que nous tenons. Par saint Hubert*, qui m'a fait tuer trois chevreuils aujourd'hui et détrousser un brave que son bagage paraissait gêner, ce qui est, je pense, une œuvre méritoire en pareille occasion...

Des éclats de rire prolongés interrompirent cette harangue du sire.

* Né à Liège en 727, Hubert se convertit après avoir vu un cerf portant une croix entre ses bois et devint le patron des chasseurs fêté le 3 novembre. *(Note de l'éditeur)*

– Silence, manants, fit-il, et laissez-moi continuer. Je disais donc, par saint Hubert, que ce moine paiera pour tous les autres ; et que si le prieur de Saint-Méen veut le ravoir, il viendra le réclamer en personne, avec cent écus d'or pardessus le marché. Qu'en dites-vous mes amis ?

– Bravo, bravo, seigneur Gastern.

– Venez, venez, vénérable moine, reprit le sire avec une feinte déférence. Vous trouverez au château de Tréhoranteuk tous les égards qui vous sont dus.

– Ah ! ah ! ah ! firent tous les misérables en éclatant de rire.

Et la troupe se mit en marche, suivie par le pauvre moine, dont quelques soudards pressaient les pas trop lents à leur gré. Bientôt le sire Gastern s'arrêta au carrefour d'un chemin.

– Par ma barbe ! dit-il, j'allais oublier une chose importante. Holà ! maître Vautour, mon gentil courrier, déploie incontinent tes ailes et vole vers Saint-Méen sans retard. Si le prieur est couché, tu le réveilleras poliment, et lui offrant les respects du sire Gastern, tu lui diras que n'ayant pas de chapelain à Tréhoranteuk, je veux y garder un moine pour chanter vêpres et matines.

Et comme le Vautour s'éloignait déjà en maugréant de cette corvée inattendue, le baron ajouta ces mots :

– Tu diras de plus au prieur que si avant trois jours je n'ai pas reçu cent écus d'or pour la rançon de son moine, j'irai brûler son couvent, et que le moine sera pendu.

Le Vautour partit comme une flèche et se rendit à Saint-Méen, malgré le vent et la pluie qui tombait à torrents. Il n'arriva au monastère qu'à une heure fort avancée de la soirée. Jehan priait dans sa cellule; le prieur veillait en attendant le retour du moine qu'il avait sans doute chargé de quelque message; du reste, tous, en ce lieu saint, veillaient et priaient afin de se préparer dignement à célébrer la grande fête du lendemain, lorsque le vacarme que fit le Vautour à la porte du couvent vint troubler la paix de leurs méditations. Enfin le mécréant exposa au prieur l'objet de sa mission, en ayant soin de renchérir encore sur les ordres de son maître. Le digne moine l'entendit sans pâlir.

– Que votre volonté soit faite, ô seigneur, murmura-t-il, en voyant s'éloigner le misérable envoyé de Gastern.

Puis il se rendit auprès de Jehan et lui fit part de tout ce qui venait de se passer.

– J'irai trouver le baron, répondit le jeune religieux, j'irai seul à Tréhoranteuk, afin de lui arracher sa proie et de lui épargner un crime.

– Mais où trouveras-tu, mon fils, la somme que réclame cet ennemi de Dieu?

– Prions, prions, ô mon père… n'est-ce pas demain la fête de tous les saints? Les bienheureux du ciel ne nous abandonneront pas. J'irai à Tréhorenteuk, avec votre permission, pendant que vous célébrerez l'Office des Morts, et le redoutable baron ne sera plus à craindre.

– C'est Jésus, sans nul doute, qui t'inspire, ô mon fils; qu'il soit fait ainsi que tu le demandes.

Pendant cela, que se passait-il au manoir de Tréhoranteuk?

 Le souper, servi dans la salle des gardes, attendait le baron, qui se mit bientôt à table, au milieu de quelques soudards favoris. On avait enfermé le prisonnier dans un réduit obscur attenant à la salle, et là, le supplice le plus cruel du serviteur de Dieu était d'ouïr les propos infâmes, les jurements horribles de ces possédés qui se livraient à des libations sans mesure. Tantôt des querelles menaçantes semblaient devoir éclater entre ces misérables échauffés par le vin ; tantôt d'affreuses chansons retentissaient sous les voûtes du sombre manoir. Et au-dehors, l'ouragan déchaîné paraissait lutter par sa violence avec le vacarme croissant de l'intérieur. Les éclairs qui, pareils aux reflets de l'enfer, illuminaient par intervalles les noires murailles de la grande salle augmentaient la joie et l'ivresse du sire.

– Holà, s'écria-t-il, qu'on m'amène mon chapelain ; je veux qu'il boive céans à ma santé.

On alla aussitôt chercher le moine, qui s'avança d'un pas ferme au milieu de la salle. Sa contenance digne et calme, sa figure vénérable, commandèrent un moment le silence. Gastern lui-même se sentit mal à l'aise ; enfin, après avoir vidé d'un seul trait une copieuse rasade, il reprit son insolence accoutumée, remplit jusqu'au bord une coupe énorme, et dit au moine immobile en face de lui :

– Or ça, mon brave ermite, il faut que tu goûtes le vin de Tréhoranteuk et que tu me dises ensuite si nous ferons bonne chasse demain et après-demain… surtout pour fêter les morts. Allons, sang du diable ! Boiras-tu, oui ou non ?

Et comme le châtelain, exaspéré du calme que montrait sa victime, allait s'élancer, le poing fermé, sur le serviteur de 

Dieu, un violent coup de tonnerre ébranla le castel et cloua le possédé à sa place. Le moine, tombant à genoux, lança contre la muraille tout le vin que contenait la coupe, et l'on vit pendant quelques instants la muraille s'illuminer de reflets sanglants.

– À moi, Vautour ! s'écria Gastern au comble de l'effroi.

L'aube du jour pénétrait par les hautes fenêtres. Deux soudards entrèrent tout à coup dans la salle, et répondirent ainsi aux dernières paroles du baron.

– Le voilà, dirent-ils en déposant à ses pieds le corps inanimé du Vautour, qu'ils venaient de rencontrer au fond d'un ravin.

Gastern ne put se lever le jour de la Toussaint. Un feu intérieur brûlait ses entrailles. Ses valets disaient que le moine l'avait envoûté et songeaient déjà à piller le château avant de l'abandonner. Cependant ils avaient relégué le captif dans un cachot éloigné du lieu de leurs orgies, tant ils craignaient que sa présence ne vînt encore les troubler. Ils passèrent donc, ô horreur ! ils passèrent la soirée et la nuit de la Toussaint à boire, à se quereller, à se battre, sous les yeux mêmes du baron, qui avait voulu qu'on le mît sur un lit dans la grande salle. Mais voilà que sur les six heures du matin, le sire, en entendant sonner dans le clocher du bourg les glas des trépassés, demanda son cor de chasse et en tira soudain, de son souffle haletant, une fanfare infernale.

– Sang du diable ! s'écria-t-il en se levant d'un bond désespéré, le jour des Morts ne se passera pas sans que mort s'ensuive… en chasse, mes maîtres, et que l'on prenne mes meilleurs limiers.

Et sur les landes de Tréhoranteuk les aboiements de la meute, les cris des soudards, les sons d'un cor sinistre répondaient aux sons lugubres des cloches qui, dans toutes les chapelles du voisinage, tintaient sans cesse pour les morts. Et sur la plaine aussi s'avançait tristement un jeune moine, dont le regard, voilé par les larmes, venait de perdre de vue la troupe des méchants qui, oubliant le salut de leur âme et les prières qu'en ce jour de deuil universel chacun doit aux trépassés, poursuivaient avec fureur une pauvre biche aux abois. C'était Jehan, le neveu du baron maudit.

– Pouvez-vous pardonner seigneur ? murmura le religieux en détournant ses regards. Hélas ! hélas ! tant de crimes ont mérité votre juste vengeance.

L'Élévation sonnait alors dans la tour et dans l'église du bourg de Tréhoranteuk. Jehan se jeta la face contre terre à ce moment d'immolation divine et versa des larmes abondantes. Puis il se fit au loin sur la plaine déserte un silence de mort : plus d'aboiements, plus de fanfares, rien que le bruit du vent qui gémissait en courbant les bruyères. Le moine pressa le pas dans la direction que la chasse avait prise. Hélas ! quel spectacle vint frapper ses yeux : une plaine aride et nue, une troupe d'hommes immobiles, une meute arrêtée dans sa course ; au loin, seulement, une biche qui s'enfuit. Et le baron, le terrible seigneur ? Le voilà, gisant sur la terre… Jehan s'approche de lui, l'interpelle avec anxiété, essaie de le relever. Ô justice de

Dieu ! cet homme est de pierre ; ces chasseurs, ces chiens, ses gardes, tout ici est pétrifié ; les cœurs ne battent plus dans ces poitrines de roche… et leurs âmes, grand Dieu, où sont-elles ? […]

Ernest du Laurens de La Barre, “Les Pierres Maudites”,
*Contes populaires de Bretagne,* 1857. Extraits.

•

## La semaine des Korigans

*Dans cette même région vivait Jacques Riou, un jeune sabotier peu gâté par la nature : pauvre, borgne, bègue et très laid. Il se risqua tout de même à demander la main de la belle et orgueilleuse Paterne.*

– C'est bien, j'y consens, dit-elle à Riou, mais nous ferons la noce quand tu seras beau et que ta langue pourra jaser couramment.

*Jacques alla consulter un sorcier de Konkored* **(Concoret)** *; il lui conseilla de rencontrer, comme lui, les Korigans qui lui avaient enlevé sa bosse. Ces nains étaient condamnés par Dieu à danser toutes les nuits sur terre tant qu'un chrétien n'aurait pas complété le refrain de leur chanson. S'il y parvenait, les korigans reconnaissants lui accorderaient son vœu le plus cher…*

Le lendemain à minuit, comme la lune éclairait les bruyères, le sabotier se mit en marche sur la lande de **Tréhoranteuk.** Ce que lui avait annoncé le sorcier arriva en tous points : les Korni-Kaneds faisaient un tapage effroyable dans les bois ; cependant le chercheur d'aventures continua son chemin. Arrivé près des menhirs et des dolmens qui ressemblaient à autant de géants, les uns debout, les autres couchés, il entendit la musique des Korigans : haw, haw, haw…

“Voilà les petits Duz de la nuit”, pensa Riou. En effet, il vit une foule de petits nains noirs et velus qui lui barraient le passage. Il s'arrêta ; en même temps, la bande joyeuse se mit à sauter en cercle autour de lui, en criant à tue-tête : “Tu vas la danser, Riou, tu vas la danser.” Ce qui voulait dire : nous allons joliment te tracasser.

– Bonsoir, Duzigou, mes petits, leur dit le borgne en tirant son chapeau.

Le bal commença à l'instant, et les nains de crier en se trémoussant comme des damnés :

*Lundi, mardi, mercredi,*
*Et jeudi, et vendredi.*

Ils tournoyaient aussi vite que la roue d'un moulin, par un grand vent. Riou, entraîné par la ronde infernale, tournait, tournait à perdre haleine, tellement qu'il tomba sur le dos… mais les nains, qui voulaient rire encore, le relevèrent tout étourdi et l'assirent sur un tas de lande.

– Doucement, mes petits moricauds, laissez-moi souffler un peu, s'il vous plaît.

– Souffle donc à ton aise, et puis tu chanteras avec nous :

*Lundi, mardi, mercredi,*
*Et jeudi, et vendredi.*

– Et samedi aussi, c'est fi… fini, ajouta en balbutiant le pauvre essoufflé.

À ces mots la ronde recommença avec des cris frénétiques :

– Samedi, samedi, ce n'est pas fini l'ami, achève, achève, maudit borgne.

Riou essaya de nouveau et ne put dépasser le samedi. Les Korigans devinrent furieux ; et plus ils criaient au sabotier : "Achève, achève, encore, encore", moins le pauvre homme comprenait leur idée. Enfin les cris s'apaisèrent peu à peu, et les nains ayant entouré Jacques Riou, lui dirent de former un souhait.

– Je demande… je veux, reprit le borgne qui avait perdu la boule, je veux comme le sorcier de Konkored.

– Explique-toi mieux, dirent les malins en trépignant.

– Je vous demande ce qu'il a eu… la beau… té…

Un cri de gaîté diabolique couvrit la voix du misérable, et la dernière syllabe ne fut pas entendue. Les nains achevèrent tous à la fois :

– Bosse, Bosse… tu vas être servi à l'instant cher ami.

Là-dessus le bal recommença par une ronde furieuse.
 Jacques Riou fut alors poussé, ballotté, secoué par mille

petites mains de fer qui le faisaient pirouetter comme une toupie, jusqu'à ce que épuisé de fatigue et de peur, il tombât anéanti sur la terre...

Lorsqu'il revint à lui, la lande était solitaire et sombre, les Korigans avaient disparu. Riou ne put se relever sans peine, tant ses membres étaient moulus et disloqués ; et de plus il portait sur son dos un poids dont il ne pouvait se rendre compte... Le malheureux était bossu, bossu pour le reste de ses jours. Les nains ayant compris, ou fait mine de comprendre, qu'il demandait une bosse, tandis qu'il voulait obtenir la beauté, lui avaient appliqué, entre les deux épaules, la bosse du sorcier de Konkored *.

Riou revint tout penaud au village ; et n'osant plus se montrer à la grand-messe de sa paroisse, il alla chercher son pain du côté de **Saint-Méen** et de **Gaël**. Le sorcier rit dans son mauvais cœur de l'aventure du pauvre borgne ; et ne voulut pas lui rendre son argent. On ajoute que peu de temps après, il alla danser encore avec les Korigans, pour finir leur chanson en y ajoutant :

*Et puis dimanche aussi ;*
*Voilà la semaine finie !*

* Voyez *Le Foyer Breton* ("Les Korils de Plaudren") de M. Émile Souvestre. *(Note de l'auteur)*

Ainsi les nains furent délivrés de leur peine par ces paroles, et donnèrent en récompense au sorcier la fortune qu'il demanda ; ce qui lui permit d'épouser la belle Paterne.

Ernest du Laurens de La Barre,
"Les Korigans de Tréhorenteuk", *ibid.*, extraits.

# La Fontaine de Barenton

## Une source très visitée

*Le culte des eaux, vives ou dormantes, remonte à la plus haute antiquité. Dotées d'un pouvoir de communication privilégié avec l'Autre-Monde et de celui de guérir, elles ont été particulièrement vénérées par les Celtes. Le thème de la "fontaine merveilleuse" revient fréquemment, et celle de Barenton s'inscrit parfaitement dans cette lignée avec ses pouvoirs de guérison, de divination et de fécondité. De plus, elle est le lieu de prédilection des fées qui ont succédé aux divinités féminines celtiques. Son eau soignait, disait-on, la rage ainsi que diverses maladies infantiles et mentales. Afin de connaître la date de leurs noces, les jeunes filles de la région avaient coutume de jeter des épingles dans cette fontaine ; si l'eau se mettait à bouillonner, le mariage était assuré dans l'année, sinon il se ferait attendre, d'où le dicton populaire : "Quand Barenton rit, on se marie." Mais c'est son pouvoir de déclencher l'orage et la pluie qui l'a rendue très célèbre en Europe, dès le Moyen Âge :*

À deux pas de la source, se trouve un gros bloc de grès qu'on nomme le Perron de Merlin. Au temps jadis, un gobelet d'argent ou d'or était attaché au perron par une chaîne du même métal. Quand Merlin le remplissait de l'eau de la source pour la répandre sur le perron, l'onde se mettait à bouillir, le tonnerre à gronder et un orage formidable éclatait*.

*Par temps orageux, des bulles de gaz se dégagent de la couche d'humus qui recouvre le fond de la fontaine. En remontant à la surface, elles provoquent un bouillonnement dès que l'on y jette quelque chose. Dans un roman médiéval de Chrétien de Troyes, elle appartient à une dame féerique dont l'époux combat tous ceux qui osent troubler son eau. Yvain, le Chevalier au Lion, réussit à le tuer. Il gagne ainsi la main de la Dame de la Fontaine dont il devient le nouveau protecteur***.

*La renommée de cette fontaine était telle que de nombreux visiteurs voulurent contempler ses prodiges : au* XI^e^ *siècle, le Normand Robert Wace rapporte que, lors des grandes chaleurs, les chasseurs avaient coutume de puiser de son eau dans leurs cors afin de faire pleuvoir… Guillaume Le Breton, poète et chroniqueur léonard au* XIII^e^ *siècle, confirme ce témoignage :*

* Charles Chassé, *La Bretagne touristique,* 15 novembre 1923, extrait. (*Note de l'éditeur*)

** Cf. *Petites Histoires de la Table Ronde,* Éditions Terre de Brume, 2009. *(Note de l'éditeur)*

Quiconque y puise de l'eau et en répand quelques gouttes sur le bord, rassemble soudain les nues chargées de grêle, fait gronder le tonnerre, et voit l'air obscurci par d'épaisses ténèbres ; et ceux qui sont présents et souhaitaient de l'être voudraient bien alors n'avoir jamais rien vu, tant leur stupeur est grande, tant l'épouvante les glace d'effroi. La chose est merveilleuse, je l'avoue, cependant elle est vraie ; plusieurs en sont garants*.

*À la même époque, le trouvère Huon de Méry renouvela avec succès l'expérience. À peine eut-il puisé de l'eau avec la tasse en or que s'éleva une violente tempête ; le ciel s'entrouvrit et le poète eut une vision du paradis… Au XV^e^ siècle, le seigneur de Montfort et de Gaël, alors propriétaire de la forêt, se réserva ce privilège, afin de fertiliser ses terres***.

*N'ayant pas réussi à détourner les habitants de la région de cette fontaine réputée "sorcière" au profit de celles de saint Méen ou de sainte Onenne, très proches, l'Église l'a christianisée. Au lieu de la placer, comme souvent, sous la protection d'un saint ou d'une sainte, elle l'a surmontée d'une croix et a repris à son compte l'ancien rituel de fécondité consistant à jeter de l'eau sur une pierre :*

* Théodore Hersart de La Villemarqué, *Les Romans de la Table Ronde,* 1860, Éditions Terre de Brume, 1989, extrait. *(Note de l'éditeur)*

** D'après la Charte des "Usements et coustumes de la forest de Brecilien", 1467, Cartulaire de Redon. *(Note de l'éditeur)*

Au mois d'août 1835, tous les habitants de la paroisse de Kon-kored, (la vallée des fées), qui tire son nom du vallon qu'arrose la fontaine, s'y rendirent processionnellement, bannières et croix en tête, au chant des hymnes et au son des cloches, pour demander de la pluie au ciel. En y arrivant, le curé du canton bénit l'eau, y trempa l'aspersoir et [...] en versa quelques gouttes sur les pierres d'alentour... *

*Des nuages s'amoncelèrent aussitôt et un orage si terrible éclata qu'il dispersa les pèlerins. La dernière procession officielle se déroula en 1925. Mais, en 1954, les membres du Congrès arthurien se livrèrent de nouveau à l'aspersion rituelle et des trombes d'eau s'abattirent... Lors de la canicule de 1976, toutes sortes de cérémonies eurent lieu et sûrement bien d'autres depuis...*

*En 1880, une magnifique tasse en or jaune, datant de la fin de l'Âge du Bronze, a été retrouvée au bord de l'**Aff**, près du "**Pont du Secret**"**.*

*Deux anneaux fixés sur sa poignée permettent de la suspendre. Évoquant les messagères de l'Autre Monde celtique, une frise d'oiseaux aquatiques se déroule sous son rebord et elle est*

* Théodore Hersart de La Villemarqué, *ibid.*, extrait. *(Note de l'éditeur)*

** Lieu où, d'après la légende, Lancelot du Lac et la reine Guenièvre échangèrent leur premier baiser. Cf. *Petites Histoires de Lancelot du Lac*, Éditions Terre de Brume, 2007. *(Note de l'éditeur)* *ornée de deux séries de petits anneaux, des symboles solaires... S'agirait-il du mythique bassin d'or* ?*

*Toujours est-il que cette fontaine merveilleuse, source de nombreuses légendes, demeure l'un des lieux les plus visités et vénérés de la Forêt de Paimpont.*

•

## LES TROIS FÉES MARRAINES

*Appelées souvent les "bonnes dames" ou "les bonnes mères", les fées présidaient, croyait-on, à la destinée des nouveau-nés et leur accordaient des dons. Afin de les rendre favorables, un repas leur était offert à côté de la chambre de l'accouchée. Mais souvent, au lieu d'attendre la visite de ces marraines surnaturelles, l'enfant était porté dans leurs lieux de prédilection. Cette tradition bien enracinée ** est le point de départ d'une chanson de geste médiévale :*

Jadis le puissant seigneur Butor de la Montagne possédait un château et un grand domaine sur les **Landes de Lambrun**,

* Cet objet est conservé au "Musée des Antiquités Nationales", à Saint-Germain-en-Laye. Cf. Jacques Briard, *ibid. (Note de l'éditeur)*

** Elle constitue aussi le noyau central d'un conte recueilli par Adolphe Orain, "La fée aux trois dents", *Contes de l'Ille-et-Vilaine, ibid. (Note de l'éditeur)* non loin du village de **Concoret**. Dans son âge mûr il se maria avec une jeune fille qui lui donna bientôt un fils.

– Dame, dit-il à son épouse, acceptez de laisser porter notre enfant, par cette nuit sereine, auprès de la claire fontaine où les fées ont coutume de s'ébattre. Grâce à elles il deviendra un parfait chevalier et mènera une vie heureuse…

– Seigneur, faut-il vraiment lui faire courir un risque pareil ? Il pourrait être enlevé ou bien dévoré par des bêtes sauvages…

Butor insista tant qu'elle accepta finalement de lui confier le nouveau-né.

– Pour mon plus grand bonheur, dit-il à ses chevaliers réunis, ma jeune moitié a donné le jour à un beau garçon et elle consent à ce qu'il soit présenté aux fées de la forêt de Brocéliande. Il devrait obtenir d'elles de précieux dons et la capacité de me succéder. Mais gardez-le bien de tous les dangers…

Accompagné d'une centaine d'hommes, Bruiant, son vassal préféré, chemina à travers la grande forêt. Ils entendirent le bruit d'un ruisseau, le longèrent et découvrirent une fontaine sous l'ombre d'un grand châtaignier. Ils descendirent de cheval et déposèrent l'enfant au pied de l'arbre.

– Cachons-nous dans les bois à proximité, dit Bruiant, et surveillons-le bien. Son père nous ferait pendre s'il lui arrivait malheur !

Trois gracieuses dames ne tardèrent pas à paraître. Leur peau était plus blanche que la neige et de brillantes couronnes d'or retenaient leurs longues chevelures. Elles s'approchèrent du châtaignier en se tenant par la main et en chantant à ravir.

– Ce bébé, dit la première, qui était la plus belle et semblait commander aux deux autres, a moins d'une semaine et il nous appartient de le doter de facultés extraordinaires et de décider de son avenir.

– Je lui donne, s'empressa de dire la deuxième fée, la beauté, la grâce et la courtoisie.

– Et moi, ajouta aussitôt la troisième, je souhaite qu'il soit si courageux et victorieux dans les combats que tous le redouteront.

– Comment osez-vous me devancer en comblant de dons cet enfant ? dit la fée la plus puissante. Eh bien, moi, je souhaite que la première femme qu'il aimera ne réponde pas à son amour !

Les deux bonnes fées s'efforcèrent en vain de ramener leur maîtresse à une attitude plus clémente. Malgré leurs supplications, elle se montra intraitable :

– Il recevra tous les dons que vous lui avez octroyés, il sera beau, courageux, riche, exempt de toute maladie, mais malheureux en amour, je le maintiens… Mon vœu s'accomplira quoique vous puissiez dire !

– Ayez pitié de lui, supplia la troisième fée, c'est un enfant de très haut lignage ! Je resterai à ses côtés et l'aiderai à supporter le chagrin d'amour que vous lui préparez.

– Puisque vous avez l'audace d'insister, il aura en plus la douleur d'assister au mariage de sa bien-aimée avec un affreux bossu !

Les fées se retirèrent, mais la troisième eut le temps de passer un anneau d'or fin au doigt de son petit protégé. Les chevaliers sortirent du bois où ils étaient cachés, reprirent l'enfant et le rapportèrent au château de Butor. En apprenant l'heureux retour de son fils, sa mère s'évanouit de joie tant elle avait craint pour sa vie. Quant à son père, il se précipita vers Bruiant :

– Que s'est-il passé à la Fontaine aux Fées ? Ne me cachez rien, dites-le bien haut afin que tous sachent si j'ai follement ou sagement agi.

Butor fut si satisfait des dons exceptionnels que les bonnes dames avaient accordés à son fils qu'il ne s'inquiéta guère de la peine d'amour infligée par la fée malveillante. Il le fit baptiser en grande pompe sous le nom de Brun et organisa une grande fête et un tournoi lors des relevailles de son épouse.

Sur ces entrefaites, une dame de la plus grande beauté se présenta au château. Elle dit au seigneur Butor qu'elle venait de perdre son enfant et proposa de servir de nourrice au petit Brun. Elle fut aussitôt acceptée car sa mère n'avait pas assez de lait. Elle s'enferma avec l'enfant, le prit dans ses bras, l'allaita, lui prodigua des soins, chanta doucement pour l'endormir et s'en retourna dans la forêt ; mais elle revint avant le réveil du nourrisson ; il s'agissait bien sûr de la troisième fée, celle qui lui avait donné un anneau protecteur. Et, durant quinze années, elle l'éleva comme son fils*.

* Réminiscence de l'enfance de Lancelot dans le royaume de la Dame du Lac. Cf. *Petites Histoires de Lancelot du Lac*, *ibid.* (*Note de l'éditeur)*

– Mon cher enfant, lui dit-elle alors, le temps est venu pour vous de me quitter et de partir en quête d'aventures.

– Pourquoi m'abandonnez-vous ? Qui me guidera désormais ?

La fée couvrit Brun de larmes et de baisers et ajouta :

– Je vous conseille d'aller à la cour d'Arthur, le grand roi des deux Bretagne et de vous mettre à son service. Hélas, vous devrez bientôt supporter une dure épreuve : vous tomberez amoureux d'une dame qui ne répondra pas à vos désirs et vous fera endurer bien des peines durant dix années. Vous aurez même la douleur de la voir épouser un vilain bossu. Mais, au bout de ce temps, quand cette passion malheureuse sera finie, je viendrai vous réconforter, dût-on me couper tous les membres, et je vous donnerai la plus belle amie qui soit jamais née sur terre.

Après avoir quitté sa bonne fée, Brun de la Montagne suivit ses conseils et se fit armer chevalier par le roi Arthur. Il participa bientôt à de grands tournois et aux aventures des chevaliers de la Table Ronde. Un jour, il se rendit à une fête donnée par la fée Morgane* dans une forteresse appelée la Tour-Ferrée ; cette demeure magique tournait sur elle-même plus vite que le vent et devenait parfois invisible**.

* Demi-sœur du roi Arthur, Morgane est un personnage ambigu à la fois dangereux et bénéfique. Cf. *Petites Histoires de la Table Ronde, ibid. (Note de l'éditeur)*

** Motif récurrent dans les légendes arthuriennes lié à la roue cosmique et à la spirale, symboles solaires d'éternel renouvellement. *(Note de l'éditeur)*

Avant de pouvoir y accéder, Brun dut vaincre trois redoutables chevaliers. Il y fut alors bien accueilli par Morgane et ses suivantes et tomba éperdument amoureux de l'une d'elles…

*La chanson de geste s'interrompt lorsqu'il lui déclare ses sentiments et reçoit d'elle une réponse peu favorable. La suite a été perdue mais nul doute que la bonne fée a tenu sa promesse…*

D'après *Brun de la Montagne,* chanson de geste anonyme, XIVe siècle.

•

## LE CHEVALIER NOIR AUX ARMES BLANCHES ET LA BELLE SIDOINE

*Une grande partie de l'action de l'un des derniers romans de la Table Ronde se déroule près de la fontaine de Barenton. Après l'invasion de son pays, la Galice, par les Sarrasins * et la mort du roi son père, Ponthus réussit à s'enfuir avec treize de ses compagnons à bord d'un navire. Naufragés en Petite Bretagne, les jeunes gens sont recueillis à Vannes par le roi Huguel qui leur donne une éducation conforme à leur rang. Ses qualités exceptionnelles ne laissent pas insensible la princesse Sidoine et une intrigue amoureuse se noue entre eux. Après avoir combattu*

* Située au nord-ouest de l'Espagne, la Galice est la voisine maritime de la Bretagne et de l'Irlande. Au Moyen Âge, les Occidentaux appelaient "Sarrasins" tous les musulmans. *(Note de l'éditeur)*

*victorieusement les Sarrasins aux côtés du roi de Bretagne et de ses alliés, Ponthus est nommé commandant en chef des armées. Mais, par jalousie, Guenelet, l'un de ses compagnons venus de Galice avec lui, met en doute sa fidélité à l'égard de Sidoine. Le chevalier décide alors de s'éloigner et de prouver son amour à sa bien-aimée.*

Vers minuit, Ponthus quitte discrètement la cour, chevauche toute la journée suivante et s'enfonce dans la forêt de Brocéliande. Il s'installe dans un ermitage isolé où il reste sept jours afin de se préparer par le jeûne et la prière à des faits d'armes exceptionnels. Un jour qu'il écoute le merveilleux chant des oiseaux, il compose une chanson et la met en musique :

*Ni le chant des oiseaux ni aucune joie*
*Ne pourrait me réconforter*
*Quand celle que j'aime tant*
*Veut ainsi m'éloigner d'elle.*

Puis il envoie chercher un nain, le fait bien habiller d'un vêtement de soie et le charge d'aller porter dans toutes les contrées de France ce message :

– Le Chevalier Noir aux Armes Blanches fait savoir à tous les vaillants chevaliers qu'ils le trouveront à la "Fontaine des Aventures", en la forêt de Brocéliande, chaque mardi, dès le lever du soleil. Un nain sonnera du cor et une demoiselle, accompagnée d'un ermite, les mènera dans un pré où ils pourront jouter avec ce chevalier. Celui qui le vaincra pourra l'envoyer à la dame de son choix. Sinon c'est lui qui devra se constituer prisonnier de sa part.

Après quoi, Ponthus fait chercher à Rennes une vieille demoiselle de sa connaissance. Il la revêt d'une tunique de soie et coiffe ses cheveux blancs d'un large cercle d'or. Quant à lui, il se déguise en ermite avec un long manteau et une barbe blanche. De nombreux chevaliers ne tardent pas à se présenter. Ils trouvent auprès de la Fontaine des Aventures une tente d'où sort un nain fort laid et camus qui prend le cor suspendu à un grand hêtre* et sonne bien fort. Aussitôt paraît la vieille demoiselle qui demande aux chevaliers de suspendre leurs boucliers aux arbres voisins. Puis le nain apporte un bel arc et quatre flèches empennées d'or. La demoiselle les tire et elles se plantent dans les écus des meilleurs chevaliers de Bretagne, du Poitou, d'Anjou et de Normandie. Le faux ermite emmène ensuite la demoiselle dans sa tente où il revêt ses armes. Tous s'émerveillent lorsqu'il paraît sur un grand destrier tout harnaché de noir avec des armes blanches richement brodées. Mettant pied à terre, il prend une coupe d'or, puise de l'eau à la fontaine et en arrose le perron. Aussitôt, le vent se lève, souffle en tempête, le tonnerre gronde, les éclairs illuminent le ciel, la foudre s'abat, la pluie, la grêle et la neige tombent à verse et

* Ce "Hêtre de Ponthus", témoin supposé des joutes de ce chevalier est toujours debout. Le château qu'il aurait fait bâtir à côté de lui serait devenu un couvent détruit après l'hérésie d'Éon de l'Étoile. *(Note de l'éditeur)*

la terre tremble… Cet extraordinaire déchaînement de tous les éléments ne dure guère et le beau temps revient*.

Remontant à cheval, Ponthus s'élance contre Bernard de la Roche-Bernard avec une telle force qu'il le fait tomber ainsi que sa monture. Mais Bernard se relève vivement et le combat se poursuit à l'épée. Ponthus parvient finalement à le désarmer et lui dit :

– Chevalier, je vous fais grâce, mais vous devrez vous constituer prisonnier auprès de la plus belle demoiselle du royaume et la saluer de ma part.

Bernard se retourne vers les autres chevaliers qui déclarent à l'unanimité que la plus belle est la fille du roi Huguel. Il se rend alors à Vannes, à la merci de la princesse, de la part du chevalier noir aux armes blanches.

– Connaissez-vous son identité ? lui demande Sidoine.

– Je peux seulement vous dire qu'il sait mieux que tous frapper de sa lance et de son épée. Il ressemble beaucoup à Ponthus mais ce ne peut être lui car il est parti guerroyer au loin.

– Malheureuse, ne cesse de se lamenter Sidoine, je l'ai perdu à cause de ma grande sottise. J'ai été bien déraisonnable de douter que son cœur ne fût le plus loyal de tous.

Les mardis suivants, le mystérieux chevalier noir vainc successivement le sire Geoffroi de Lusignan puis le seigneur

* Scénario identique à celui qui se trouve dans le roman de Chrétien de Troyes, *Yvain, le chevalier au lion*. Cf. *Petites Histoires de la Table Ronde, ibid. (Note de l'éditeur)*

de la Tour-Landry et Thibault de Blois, comte de Mortain. Après chaque victoire, il s'enfonce dans la forêt de Brocéliande, empruntant des chemins secrets que lui seul connaît, à si vive allure que nul ne peut le suivre… Durant une année, cinquante-deux des chevaliers les plus illustres sont défaits par le Chevalier Noir aux Armes Blanches qui les envoie tous à la belle Sidoine.

Au bout de ce temps, Ponthus fait préparer une grande salle couverte de verdure auprès de la Fontaine des Aventures et il envoie chercher des viandes de toutes sortes et les meilleurs vins. Puis il invite le roi Huguel et toute sa cour à venir en Brocéliande pour ces réjouissances. Ce dernier s'y rend accompagné de ses chevaliers ainsi que des dames et demoiselles de son royaume. Dès que le roi reconnaît Ponthus, il le serre contre lui et l'embrasse :

– Mon cœur me disait bien que c'était vous qui accomplissiez de tels exploits.

Ces louanges font rougir de confusion Ponthus qui reste muet. Il va tout de même à la rencontre de Sidoine qui lui rend son salut.

– Vous vous êtes longuement caché dans cette forêt, lui dit-elle en riant. Je crains que vous n'y soyez devenu sauvage !

– Dame, vous n'aurez point de mal à m'apprivoiser.

Chacun des invités prend place sous le grand dais selon son rang. La fête est somptueuse : des mets variés et des vins délicieux sont servis au milieu d'un grand concert d'instruments.

– J'ai été bien chagrinée de n'avoir aucune nouvelle de vous, dit Sidoine à Ponthus.

– Dame, chaque semaine j'ai envoyé à votre merci l'un des meilleurs chevaliers.

– J'aurais été heureuse de savoir qu'ils venaient de votre part !

– Vous n'avez pas un seul instant cessé d'être l'objet de mes pensées et je n'ai accompli ces faits d'armes que pour l'amour de vous.

– Doux ami, comment ai-je pu douter de vous ?

*Réconcilié avec sa bien-aimée et jouissant de la faveur de tous, Ponthus est de nouveau calomnié par Guenelet. Il l'accuse cette fois de vouloir porter atteinte à l'honneur de Sidoine. Le chevalier est contraint de s'exiler en Grande-Bretagne où il accomplit de tels exploits que le roi lui offre la main de sa fille. Il refuse par fidélité à Sidoine qu'il finira par épouser. Mais il fera le vœu de ne pas consommer le mariage avant d'avoir reconquis la Galice, le royaume de son père. Loyal et fidèle, Ponthus est un chevalier modèle de la Table Ronde qui accomplit son destin personnel**.

D'après *Ponthus et Sidoine,* roman anonyme, vers 1390.

* Au XVe siècle, Guy XIV de Laval a affirmé descendre de Ponthus, seigneur de Brocéliande, afin de légitimer la possession de cette forêt. Il lui a attribué la fondation de Paimpont suivant une étymologie douteuse ("Penn Ponthi", c'est-à-dire "Capitale de Ponthus"). Depuis 1994, une rue de ce village est appelée "Avenue du chevalier Ponthus". *(Note de l'éditeur)*

*En dépit du caractère bénéfique du combustible qu'ils produisaient, les charbonniers étaient redoutés. Issu du feu, peut-être infernal, ce charbon et leurs visages noircis par la fumée se révélaient fort inquiétants. Un proverbe breton en atteste : "Le charbonnier dans les bois, comme le loup, hurle sans cesse." Demeurant en marge du monde civilisé, ces "brûleurs de bois" étaient de plus soupçonnés de constituer des sociétés secrètes, de pratiquer la sorcellerie et d'entretenir des liens privilégiés avec les êtres surnaturels.*

Trois frères, orphelins, vivaient ensemble dans une hutte faite de mottes de gazon et de branches entrelacées, au milieu de la forêt de Brocéliande. Ils n'avaient d'autres ressources que leur métier de charbonnier ; aussi travaillaient-ils jour et nuit pour subvenir au besoin de leur existence.

*Un soir, les deux aînés s'en allèrent festoyer au bourg de* ***Paimpont*** *en laissant à leur petit frère François la lourde charge d'entretenir le feu toute la nuit. Épuisé, le jeune garçon finit par s'endormir et rêva qu'il était un roi chevauchant un grand cheval blanc et mangeant de la galette et du lard à tous les repas. Mais à son réveil, ô désespoir ! le fourneau était éteint et les allumettes n'existaient pas en ce temps-là…*

Le pauvre petit François s'arrachait les cheveux de désespoir, en invoquant, à son aide, tous les saints du paradis.

Tout à coup, en levant les yeux au ciel, il aperçut au-dessus des arbres de la forêt, des flammes qui s'élevaient à une hauteur prodigieuse.

– Tiens, s'écria-t-il, d'autres compagnons noirs ont allumé un grand feu pour se préserver de la rosée, je vais aller, bien vite, leur demander quelques tisons.

Il s'élança dans la direction des flammes, et fut étrangement surpris de voir, en approchant, qu'elles étaient de diverses couleurs : bleues, blanches, jaunes, rouges, etc. Elles éclairaient à une telle distance qu'il put distinguer l'endroit où il se trouvait. Il s'arrêta soudain. Une sueur froide lui coulait sur le front en s'apercevant qu'il était à deux pas de la *Crezée de Trécélien** près de la fontaine de **Barenton** hantée par les fées. Minuit sonna à l'église de Paimpont. Ce fut alors seulement que François se souvint que les divinités des bois se donnaient rendez-vous en ces lieux, chaque nuit à pareille heure, pour se livrer à leurs ébats et à leurs danses. Il se rappela que les mortels qui voulaient les épier et les surprendre, étaient entraînés, malgré eux, dans leur ronde infernale et tombaient morts d'épuisement.

Fallait-il avancer ? Fallait-il retourner sur ses pas ? Était-ce encore possible ? Comme il faisait ces réflexions, plusieurs nymphes sortirent des bocages qui l'entouraient, le saisirent et l'emmenèrent, bon gré, mal gré, plus mort que vif, au milieu de la *Crezée*, en face d'un immense brasier devant lequel le

* La Clairière de Brécilien ou Brocéliande. *(Note de l'éditeur)*

dieu des chênes se rôtissait les jambes. Ce dernier en apercevant le nouveau venu, s'écria d'une voix formidable :

– Mortel ! que viens-tu faire ici ?

François lui raconta, en pleurant, ses chagrins et sa méprise. Le dieu des chênes, en l'entendant, vit bien que le pauvre enfant ne mentait pas et s'attendrit à son récit, aussi lui dit-il, d'une voix presque douce, en lui désignant le feu :

– Jeune homme, pique, n'y reviens pas, et fais-en bon usage.

Le petit charbonnier ne se le fit pas dire deux fois ; il enfonça sa pique dans le brasier et en retira la bûche enflammée qui l'éclaira pour retrouver son chemin. Aussitôt arrivé, il la mit dans son fourneau dont le feu reprit comme par enchantement. Quand ses frères revinrent, la cuisson du charbon était terminée et rien ne pouvait leur faire supposer ce qui était arrivé. Le matin, François fut chargé, comme d'habitude, de nettoyer le fourneau. Il enlevait les cendres et le *frasil** avec une pelle en songeant aux événements de la nuit, lorsque tout à coup, il recula surpris en voyant la bûche qu'il avait apportée briller encore d'un éclat merveilleux.

Une fois remis de son émotion, il s'en approcha, la retourna dans tous les sens, reconnut qu'elle était éteinte, l'essuya du revers de son tablier et s'aperçut enfin qu'il avait sous les yeux, et en sa possession un énorme lingot d'or. Ses frères

* Ou fraisil : poussière et menus débris de charbon de bois. *(Note de l'éditeur)*

étaient allés vendre le charbon. François ne songea toute la journée qu'à sa trouvaille.

Abandonné à lui-même depuis son enfance, il se laissait aller à ses mauvaises passions: "Cette bûche d'or, songeait-il, représente des sommes immenses, c'est-à-dire la richesse qui procure le bonheur et les plaisirs. Elle m'appartient, puisque c'est à moi seul qu'elle a été donnée, Jean et Jacques n'y ont aucun droit." Les bons sentiments, cependant, se révoltaient à cette idée et lui faisaient dire: "Tu as été orphelin tout enfant et tes frères ont remplacé tes parents morts."

Aussitôt les mauvaises pensées revenaient à la charge et lui soufflaient: "Depuis que tu as l'âge de travailler, tu leur as rendu au centuple ce qu'ils ont fait pour toi. Tu es quitte envers eux depuis longtemps, ne te gêne pas, garde ton or." Satisfait de ce dernier raisonnement, François alla faire un trou sous un hêtre et y cacha son trésor.

À partir de ce jour, il n'eut plus un instant de repos; adieu les rêves joyeux. Sa vie changea complètement. Les soucis s'emparèrent de lui et ne le quittèrent plus. Il fuyait ses frères, ses amis, ses camarades, tout le monde. Il errait seul dans la forêt, songeant à quitter ces lieux pour aller à Paris monnayer son or et revenir ensuite acheter, dans le pays, toutes les propriétés à vendre, afin de faire crever de dépit et de jalousie ceux qui l'entouraient présentement, car le démon de l'orgueil le dominait.

Cependant, malgré sa bûche d'or, il était pauvre et ne pouvait effectuer ce voyage tant désiré. De longues années s'écoulèrent ainsi à économiser liard par liard, sou par sou, la somme qui lui était nécessaire. Son temps se passait à aider ses frères auxquels il n'adressait jamais la parole, à rêver à sa fortune, à compter ses épargnes cachées dans un bas, et à surveiller son trésor qu'il couvait sans cesse du regard. Ses économies n'augmentant pas selon ses désirs, il laissa ses frères pour aller travailler avec d'autres charbonniers qui le payèrent plus cher.

Enfin, le jour tant désiré arriva. Sans dire adieu à personne, il quitta le pays, emportant sur son dos sa bûche d'or dissimulée par de vieux habits attachés avec des cordes. En voyant passer par les chemins ce *failli* gars, pâle, maigre, chétif, sous un aspect misérable, l'on ne pouvait se douter qu'il était porteur d'une fortune considérable. Il voyageait ainsi, de village en village, économisant le plus qu'il pouvait afin de ne pas subir de retard, et, pour cela, vivant en Bretagne de pommes et de châtaignes tombées des arbres ; plus loin de raisins dérobés aux vignes, ou de mûres sauvages. Il acceptait aussi, avec empressement, l'hospitalité que les paysans offraient par compassion et pitié pour sa mauvaise mine.

Un soir, après une longue route, il vit les toits de la grande ville se dessiner devant lui ; mais exténué de fatigue, il chercha un gîte dans les faubourgs. Le lendemain matin, il brisa sa bûche d'or en morceaux et s'en alla la vendre chez les orfèvres. Des sommes énormes lui furent versées. Il dépouilla

 dans l'échoppe d'un marchand ses vêtements de charbonnier

et revêtit des habits de bourgeois qui, avec son teint hâve, lui donnèrent l'air d'un monsieur.

Il s'en alla loger dans un hôtel et goûta bientôt à tous les plaisirs qu'offre Paris. Doué d'une intelligence peu commune, d'une physionomie douce et agréable, et ayant avec cela de l'or à pleines mains, il se façonna promptement aux belles manières. Un cortège d'amis lui fraya son entrée dans le monde. Les portes s'ouvrirent d'elles-mêmes devant lui, et le marquis de **Comper** — tel était le nom qu'il avait pris — ne tarda pas à devenir un chevalier accompli, adulé, choyé, envié ! Tous ces succès, qu'il accueillit d'abord avec enthousiasme, le fatiguèrent de bonne heure, il était breton, et le souvenir de son pays le suivait partout.

Au milieu des fêtes les plus brillantes, François, le charbonnier, songeait aux grandes futaies de la forêt de *Trécélien* et aux champs de blé noir parfumés. Souvent il se disait : "Je pourrais là-bas, tout aussi bien qu'ici, m'amuser et recevoir mes amis."

Or, un beau matin, en sortant d'un bal — sans prévenir personne, selon sa coutume — il rentra à l'hôtel, prit son or, acheta un cheval et des armes, car les routes n'étaient pas aussi sûres que de nos jours, et revint en Bretagne. Le voyage s'effectua sans encombres et, à son arrivée, il acheta un superbe château aux environs de **Plélan**. Après cela les fêtes commencèrent. Les gentilshommes de la contrée furent invités. Les meutes de chiens aboyèrent dans les cours. Les cors retentirent dans la forêt. La musique se fit entendre dans les salons. Les dîners, les bals et les chasses ne cessèrent pas. Des prodigalités sans nombre furent faites, les pauvres seuls n'y prirent pas part et se virent délaissés et oubliés.

À ce train, la bûche d'or diminua sensiblement, aussi le marquis de Comper voulut-il demander au jeu les sommes qu'il avait follement dispensées. Ce fut là son malheur; il acheva de perdre ce qui lui restait. Après une orgie effroyable, François joua, dans une nuit, jusqu'à sa dernière obole et redevint aussi gueux que dans ses jeunes années. Au plus fort de la partie on vint le prévenir que le feu s'était déclaré dans les écuries et qu'on ne pouvait s'en rendre maître. Trop occupé de son jeu, et voulant regagner au plus vite de quoi tenter de nouveau la fortune, il se contenta de hausser les épaules. Quelques heures après, tous les bâtiments étaient la proie des flammes, et rien ne put être sauvé. Lorsque l'incendie eut tout consumé, chacun rentra chez soi, mais personne n'invita François à l'accompagner. Ses amis de débauche l'évitèrent.

Le malheureux resta seul assis sur les débris en cendres de sa fortune envolée. Il y resta tout le jour abîmé dans sa douleur. La faim l'obligea à chercher un abri. Il se souvint alors seulement qu'il avait des frères dans le pays et se dirigea du côté de son ancienne cabane. Jacques et Jean étaient en train de faire le fourneau et chantaient en travaillant. Ils avaient aperçu plusieurs fois le marquis à cheval, suivant sa meute, et lui avaient trouvé un air de ressemblance avec leur frère; mais ils ne pouvaient croire que ce fût lui. Cependant, quand ils le virent entrer chez eux, il n'y eut plus de doute, c'était bien François vêtu comme un grand seigneur.

– Frère, lui dirent-ils, tu es donc bien riche pour avoir un château, des chevaux, des chiens qui doivent coûter plus cher à nourrir que tous les paysans de la forêt, et de nombreux amis.

– Je ne le suis plus, répondit-il; mon château est brûlé, mes chevaux et mes chiens sont vendus, mon argent est dépensé, mes amis m'ont fui. Je n'ai plus rien et j'ai faim et froid.

– Partage notre repas et réchauffe-toi à notre feu, reprirent les charbonniers en lui désignant le foyer et un pot rempli de soupe de pain noir. Il y a toujours ici une place pour le pauvre.

François mangea et s'approcha du feu pendant que ses frères continuaient leur travail. L'accueil bienveillant de ceux-ci l'humilia plus que s'ils l'avaient repoussé. Il souffrit de les voir meilleurs que lui, et ne voulut pas rester plus longtemps chez eux. D'un autre côté, le travail lui était devenu impossible et il comprenait bien qu'il ne pouvait rester avec ses frères sans les aider.

– Allons! se dit-il, du courage! Tentons la fortune une dernière fois et, pour cela, allons rendre visite aux dieux de la forêt, dans la *Crezée de Trécélien*.

Il profita des ténèbres pour s'éloigner de la cabane. Un peu avant minuit, l'infortuné marquis s'achemina timidement vers la *Crezée*. Il faisait un temps affreux, le tonnerre grondait, les éclairs sillonnaient la nue. François aperçut, comme la première fois, les flammes de diverses couleurs qui passaient par-dessus les cimes les plus élevées des arbres de la forêt.

Les hiboux faisaient entendre leurs cris sinistres. Les chauves-souris et les engoulevents passaient comme des ombres autour des buissons. C'était en été, c'est-à-dire à l'époque où les grenouilles, les crapauds, les sauterelles et les grillons chantent toute la nuit ; mais ils ne donnaient pas signe de vie. Par exemple on entendait le bruissement du vent dans les halliers *, les mélèzes se plaignaient, les fougères tremblaient, les bruyères frissonnaient, la nature entière gémissait.

Le marquis s'arma de courage et avança. Des éclats de rire, des voix, des chants partirent tout à coup du bocage et le malheureux se vit cerné et entraîné dans une danse échevelée. Le dieu des chênes, en le voyant, le reconnut aussitôt et lui dit d'une voix terrible :

– Mortel ! que viens-tu faire ici ?

François voulut lui raconter la même histoire de son fourneau éteint ; mais le vieillard l'interrompit :

– Je la connais celle-là, elle est trop forte ! Du reste, ajouta-t-il en ricanant, nous verrons bien tout à l'heure si tu dis vrai. Enfonce ta pique dans le feu et tâche d'en retirer une bûche.

Pâle, les yeux hagards, le pauvre diable se précipita vers le brasier, y introduisit sa pique et chercha à la retirer.

* Enchevêtrement de buissons touffus. *(Note de l'éditeur)*

Impossible ! Elle semblait retenue par une force invisible. Ses mains se contractèrent et semblèrent faire partie inhérente de l'instrument. Les flammes vinrent d'abord lécher la pique puis les bras du malheureux qui, malgré ses cris de douleur, fut enlevé et dévoré par le feu.

Le matin, à l'aube, les danses cessèrent, les nymphes disparurent, les flammes s'éteignirent, le cadavre calciné de l'infortuné jeune homme resta seul dans la *Crezée*.

Plus tard, ses cendres se couvrirent d'écorce, des rameaux poussèrent et, aujourd'hui l'on voit encore, à la même place, un vieux petit arbre rabougri, dont les branches piquent la terre, et que l'on nomme *l'arbre au charbonnier*.

Adolphe Orain, *Contes de l'Ille-et-Vilaine, ibid.*, extraits.

## MONTFORT-SUR-MEU ET SA CANE

*D'après une légende médiévale, une belle jeune fille, enfermée par le seigneur de Montfort dans le donjon de son château, aurait réussi à s'envoler par une fenêtre sous la forme d'une cane. Elle est devenue si célèbre que le bourg de* ***Montfort-sur-Meu*** *a été appelé Montfort-la-Cane jusqu'en 1790, voire plus tard...*

*Le clergé a attribué la libération miraculeuse de la prisonnière à l'intervention de saint Nicolas. Depuis, disait-on, chaque année, le 9 mai, jour de la fête du saint, une cane sauvage venait à Montfort dans son église, suivie de tous ses canetons et elle en laissait un en offrande au pied de sa statue.*

*Voici l'une des nombreuses complaintes populaires inspirées par cette belle demoiselle qui se transforma en oiseau d'eau :*

Une fille du bourg de Saint-Gilles,
Des plus belles et des plus gentilles,
Un dimanche la matinée
Par des soldats fut enlevée.

Lui ont lié si dur les veines
Qu'elle ne peut avoir son haleine,
Et l'ont malgré tous ses efforts,
Conduite au château de Montfort.

L'officier la voyant venir
De joie ne pouvait se tenir :
"Faites-la monter dans ma chambre,
Nous dînerons tantôt ensemble."

À chaque marche qu'elle montait,
Son pauvre cœur soupirait.
"C'est donc ici la belle chambre
Où il faut que mon Dieu j'offense."

Le capitaine assura bien
Que son Dieu n'offenserait point,
Qu'il lui donnait son cœur pour gage
Et la prendrait en mariage.

"Oh ! monsieur, permettez-moi donc
que je fasse mon oraison."
Elle a prié Dieu, Notre-Dame
Et saint Nicolas d'être cane.

Quand la prière fut achevée,
En cane elle a pris sa volée,

Elle s'envola par une grille
Dans un étang plein de lentilles*.

Quand le capitaine vit cela,
Tous les soldats il appela,
Ont bien donné cinq cent coups d'armes
N'ont jamais pu toucher la cane.

Le capitaine au désespoir,
Ne veut rien entendre ni voir,
Ne veut plus être capitaine,
Dans un couvent se fera moine.

Paul Sébillot, *Petite Légende dorée de la Haute-Bretagne,* 1897,
Éditions Terre de Brume, 2005. Extrait.

* Cf. le récit de François-René de Chateaubriand, dans les *Mémoires d'outre-tombe. (Note de l'éditeur)*

# Le Tombeau de Merlin

*L'hôte le plus célèbre de Brocéliande, l'Enchanteur Merlin, raconte lui-même son origine surnaturelle :*

Ma mère revenait un jour du marché de la ville. Il était tard. Elle entra dans la forêt de Brocéliande où elle s'égara et elle dut y passer la nuit. Se voyant seule, perdue, elle se coucha sous un arbre et s'endormit. Un homme sauvage s'approcha d'elle, s'assit à son côté et, la voyant seule, coucha avec elle sans qu'elle puisse s'en défendre. C'est cette nuit-là que j'ai été engendré*.

De retour chez elle, elle fut longtemps inquiète et quand elle s'aperçut qu'elle était enceinte, elle me garda ; à ma naissance j'ai été baptisé sur les fonts baptismaux. Elle m'a élevé, j'ai grandi et dès que j'ai pu me passer d'elle, je suis allé vivre dans les forêts profondes : la nature de mon père m'y contrai-

* Cf. pour d'autres versions, *Petites Histoires de Merlin l'Enchanteur*, Éditions Terre de Brume, 2008. *(Note de l'éditeur)*

gnait et je suis sauvage, comme lui*.

*Devenu le devin et conseiller du roi Arthur, Merlin ne demeurait jamais bien longtemps à la cour. Il lui préférait les forêts où il vivait comme un homme sauvage en parfaite harmonie avec la nature…*

*Un jour,* Merlin conçut le projet d'aller se distraire dans la forêt de Brocéliande, et d'y accomplir là-bas un acte dont on parlerait dans les temps à venir. Il se travestit alors en berger, un grand bâton en main, vêtu d'une peau qui semblait celle d'un loup. Il prit place dans une clairière assis sur une motte mousseuse. Il s'était transformé, si bien que ses oreilles lui tombaient sur la poitrine comme un éventail. Il avait la tête plus grosse que celle d'un bœuf et ses cheveux pendaient, noirs et crasseux, jusqu'à la ceinture. Sa bouche, plus grande que celle d'un dragon, était fendue jusqu'aux oreilles ; il tenait la bouche ouverte, si bien que ses dents apparaissaient, énormes et toutes blanches. Sur le dos, il portait une bosse aussi grande qu'un mortier. Ses pieds étaient tournés en arrière, ainsi que les paumes de ses mains. Il était plus grand qu'un bâton de dix-huit pieds et sa voix était plus forte que le son d'une trompette. Assis sur le chemin que devait prendre le chevalier Calogrenant, Merlin, par son art, assembla autour

* Extrait du *Lancelot-Graal* ou *Vulgate*, anonyme, 1215-1235. *(Note de l'éditeur)*

de lui toutes les bêtes de la forêt ; il y en avait tant qu'on n'aurait pu les dénombrer. Calogrenant s'approcha ; surpris par l'aspect de l'homme sauvage, il l'interrogea. Merlin lui répondit :

– Je vis des herbes et des racines de cette forêt comme toutes les bêtes qui y habitent, et je dors dans le creux d'un chêne. Lorsque le temps fraîchit, j'allume un feu que j'entretiens à ma guise.

– Certes, répondit Calogrenant, tu es bien un seigneur, puisque tu fais ce qu'il te plaît*.

En ce temps-là, un seigneur de Petite Bretagne, nommé Dyonas, demeurait dans son château en Brocéliande. Il était le filleul de Diane, la déesse de la nature sauvage**. Avant de mourir, elle lui avait accordé le don que sa fille Viviane*** serait si aimée par l'homme le plus sage et le plus savant du monde qu'il lui serait complètement dévoué et ferait toutes ses volontés. Comme Diane, Viviane se plaisait à courir les bois et, dès son plus jeune âge, elle fut initiée à l'art de la chasse à courre. Alors qu'elle était à peine âgée de quinze ans, elle poursuivit un jour avec ses chiens de chasse un magnifique cerf blanc****.

* "Livre d'Artus", anonyme, XIIIe siècle, extrait. *(Note de l'éditeur)*

** Divinité romaine (correspondant à l'Artémis grecque) au triple visage (lunaire, sylvestre et infernal), Diane hantait l'imaginaire médiéval. *(Note de l'éditeur)*

*** Elle est aussi appelée Vivienne, Nivière ou encore Niniane ; le Ninian, surnommé "rivière de Viviane", coule à la lisière occidentale de Brocéliande. *(Note de l'éditeur)*

**** Peut-être préfigure-t-il Merlin, fréquemment associé aux cerfs, et

L'animal affolé fit irruption dans la grande salle où le roi Arthur festoyait avec ses compagnons autour de la Table Ronde. Dans un grand concert d'aboiements et de sonneries de cors, il fut suivi de près par un petit braque, puis par une meute de trente lévriers noirs et enfin par une chasseresse montée sur un cheval blanc. Tous furent émerveillés par la beauté resplendissante de cette demoiselle à la chevelure flottante. Vêtue d'une courte robe verte laissant voir ses genoux et tenant à la main un arc et une flèche, elle faisait songer à la déesse Diane. Le cerf prit la fuite, tandis que le braque, les lévriers et la jeune fille disparaissaient. Après bien des aventures, trois chevaliers de la Table Ronde réussirent à les retrouver et à les ramener à la cour. La chasseresse voulut alors retourner chez elle.

– Je serais honoré que vous restiez quelque temps parmi nous, lui dit Arthur.

– Sire, j'accepte bien volontiers, répondit-elle, je m'appelle Viviane et je suis la fille d'un seigneur de Petite Bretagne.

Dès qu'il la vit, Merlin en tomba éperdument amoureux et lui fit assidûment la cour. Mais la jeune fille le repoussa farouchement. Elle craignait qu'il n'abusât d'elle, à son insu pendant son sommeil, grâce à ses pouvoirs magiques. Mais, en même temps, elle était très attirée par cet enchanteur qui

fait-il allusion à l'épisode où Diane se baignant nue, fut surprise par le chasseur Actéon? Elle le transforma en cerf et il fut dévoré par ses propres chiens. *(Note de l'éditeur)* connaissait tous les secrets de l'univers. Au bout de quelques mois, elle lui dit :

– Je deviendrai votre amie si vous vous engagez à m'enseigner les arts magiques que je vous demanderai.

– Tel est mon amour pour vous que je jure de vous dévoiler tout ce que vous voudrez.

Merlin apprit à Viviane tant d'enchantements qu'elle devint bientôt une fée, une magicienne très puissante. Cependant, Dyonas envoya à la cour des messagers chargés de lui ramener sa fille. Viviane prit donc le chemin du retour avec eux et aussi en compagnie de Merlin qui ne voulait pas la quitter pour un empire… Elle en fut très contrariée car elle le craignait plus que tout homme au monde, mais elle ne lui en laissa rien paraître… Une fois arrivés en Brocéliande, où demeurait son père, Viviane partagea la même passion que l'enchanteur pour cette épaisse forêt sauvage émaillée d'eaux vives et dormantes. Un jour qu'ils s'y promenaient ensemble, Merlin emmena la fée au bord d'un grand lac très profond.

– Ici repose Faunus qui aima loyalement la déesse Diane mais elle se montra très cruelle avec lui.

– Bel ami, lui dit Viviane, contez-moi, je vous prie, cette tragique histoire.

“Jadis, Diane avait une préférence pour cette forêt giboyeuse à souhait et s'était fait bâtir une demeure au bord de ce lac. Un jour, Faunus, le fils du roi de ce pays, la vit chevaucher à travers bois et il fut envoûté par sa rapidité et sa légèreté. Il lui fit une cour assidue et Diane finit par céder à ses avances à condition qu'il renonçât à toute compagnie autre que la sienne. Le jeune homme abandonna tout pour elle et partagea sa vie. Mais au bout de deux ans, la déesse s'éprit follement de Félix, un autre chevalier qui devint son amant.

– Si Faunus apprend notre liaison, lui dit-il, il me tuera. Il faudrait qu'il accepte de vous quitter.

– Jamais il ne voudra se séparer de moi.

– Trouvez un moyen de vous en délivrer sinon je ne vous reverrai plus !

Diane tenait tant à Félix qu'elle décida de se débarrasser de Faunus par n'importe quel moyen. Un jour, ce jeune homme fut grièvement blessé par un sanglier. Dès qu'elle le sut, la déesse s'empressa de tarir la source qui jaillissait alors ici et guérissait toutes les plaies. Quand Faunus voulut s'y baigner, il fut désespéré de la trouver asséchée.

– Doux ami, lui dit Diane, déshabillez-vous et couchez-vous dans cette fosse, je vous recouvrirai d'herbes aux grandes vertus médicinales et vous serez bientôt rétabli.

Confiant en sa bien-aimée, Faunus s'allongea, mais elle fit aussitôt retomber sur lui une lourde pierre et versa du plomb fondu en telle quantité que son corps fût bientôt consumé. Après quoi, elle raconta à Félix comment elle avait fait périr son rival tant redouté.

– Vous ne méritez pas d'être aimée tant vous êtes cruelle ! s'écria-t-il indigné.

Tirant son épée du fourreau, il saisit la déesse par ses tresses, lui coupa la tête et la jeta dans ce lac qui fut dès lors nommé “**Lac de Diane**”. Dès qu’il apprit la mort de son fils, le père de Faunus fit détruire le manoir de la déesse.”

– Cet endroit est magnifique, dit Viviane, ne pourriez-vous y bâtir pour moi le plus beau château de toute la Petite Bretagne ?

Merlin, qui ne pouvait rien lui refuser tant il l’aimait, fit alors apparaître un magnifique palais de cristal transparent et invisible… il prit soin de le cacher sous la semblance de ce lac afin que sa bien-aimée pût y vivre en sécurité, à l’abri d’éventuelles intrusions*.

Ce fut là qu’il demeura désormais nuit et jour auprès de sa fée bien-aimée. Cependant, Viviane tenait à rester chaste et pure. Elle avait déjà tant appris de Merlin qu’elle pouvait retourner contre lui sa propre magie. Chaque fois qu’il se montrait un peu trop entreprenant, elle parvenait à l’endormir. Puis elle déposait entre ses bras un oreiller enchanté. Ainsi il croyait jouir de ses charmes alors que ce n’était qu’une illusion… Un jour, Merlin fit découvrir à Viviane une magnifique grotte où se trouvait le tombeau de deux amants. L’enchanteur en souleva la pierre tombale de marbre blanc recouverte de végétation que dix hommes n’auraient pu faire bouger.

– Cette chambre souterraine me plaît, dit la fée. Je désire que nous y dormions seuls cette nuit tous les deux.

* Ce sera dans ce palais que Viviane, devenue la “Dame du Lac”, élèvera par la suite Lancelot, l’un des plus célèbres chevaliers de la Table Ronde. Cf. *Petites Histoires de Lancelot du Lac, ibid. (Note de l’éditeur)*

Tout heureux, Merlin y descendit. À peine couché, il se trouva endormi et ensorcelé de telle sorte par Viviane qu'il ne pût plus bouger. Par de subtils artifices, elle rabattit sur lui le couvercle et le scella grâce à de telles conjurations que personne ne pût l'ouvrir de nouveau. L'enchanteur avait été enchanté mais il n'était pas mort pour autant… Quelques jours plus tard, l'un des compagnons de la Table Ronde, Baudémagu, vint à passer par là. Il entendit la plainte de Merlin, son "brai" comme on l'a appelé dès lors, tant il était sonore, et il voulut soulever la dalle du tombeau.

– Messire, dit Merlin, ne vous fatiguez pas, personne n'y parviendra. Je suis retenu ici par des formules magiques si puissantes que nul ne pourrait me délivrer excepté celle qui m'y a enfermé… *

D'après le pseudo Robert de Boron, *Merlin-Huth,* 1225-1230.

*Bien que disparu, l'enchanteur continue de recevoir des visiteurs toujours plus nombreux dans un lieu appelé le "***Tombeau de Merlin***". Il s'agit de deux simples blocs de schiste rouge*** *adossés à un vieux houx au triple tronc, symbole d'éternité, dont*

* Guillaume Apollinaire a repris ce thème dans *L'enchanteur pourrissant,* en 1909. Une version moins cruelle figure dans les *Petites Histoires de Merlin l'Enchanteur, ibid. (Note de l'éditeur)*

** Ce sont les seuls vestiges d'une allée couverte de vingt cinq mètres, datant de la fin du Néolithique (3000-2000 ans avant notre ère) et détruite en 1894 par son cupide propriétaire à la recherche de trésors. Cf. Jacques Briard, *ibid. (Note de l'éditeur)* *l'écorce est constellée d'initiales. Il se trouve dans une clairière ombragée par des chênes, arbres de la sagesse, et de blanches aubépines associées aux fées. Les innombrables offrandes et vœux déposés dans l'anfractuosité de ces pierres à l'intention de l'enchanteur: fleurs, pièces de monnaie, messages, amulettes, ex-votos… témoignent de la vénération dont il fait toujours l'objet dans cet endroit devenu mythique. Non loin de là, la présence d'une "***Fontaine de Jouvence***", dont l'eau donne une éternelle jeunesse à ceux qui en boivent, n'est peut-être pas fortuite…*

# Concoret, le "Val des Fées" ... et des sorciers

## Un mystérieux moine

*Originaire d'une famille noble de Loudéac, Eudon d'Argentré entra dans les ordres et fut nommé, en 1140, prieur du couvent de Moinet, tout près de la* **Fontaine de Barenton**. *Se croyant investi d'une mission divine, il se conduisit de manière extravagante et ne tarda pas à défrayer la chronique. Une formule prononcée lors des exorcismes: "Per Eum qui venturus est judicare vivos et mortuos", c'est-à-dire "Par Celui qui viendra juger les vivants et les morts", serait à l'origine de sa vocation messianique... "Eum" se prononçait à l'époque "Éon"; ce mot étant le diminutif de son prénom, il crut, dit-on, qu'il s'agissait de lui et se prit pour le Fils de Dieu. Il se mit à prêcher d'étranges doctrines, restées mystérieuses... sauf celle-ci: "Tout est à vous!" En cette période de fréquentes famines où la noblesse et le clergé pressuraient les paysans, il n'est pas étonnant que cette simple maxime ait remporté un franc succès... Tous les chroniqueurs s'accordent à dire que Éon et ses compagnons pillaient allègre-*

*ment les églises, les monastères et les châteaux, mais qu'ils partageaient le butin avec les pauvres des environs. Certains ont pensé que ce moine illuminé voulait restaurer le druidisme et qu'il était inspiré par le célèbre enchanteur de Brocéliande.*

De Merlin il avait la rapidité fantastique en ses déplacements, l'adresse à faire surgir du néant, par illusion diabolique, tout ce qu'il voulait, tout ce qui lui était utile: monnaie d'or ou d'argent [...] abondance de viandes exquises et délicates dont il gorgeait ses visiteurs. [...] Mais ce n'était que fumée et libations d'air et, à la moindre haleine, ils se sentaient aussi creux et affamés que jamais, ce qui est une sorte de magie très ancienne.

*Cependant, les participants à ce festin illusoire étaient envoûtés et devenaient ensuite les disciples de Éon de l'Étoile. Ce dernier ne manqua pas, bien sûr, d'être accusé de sorcellerie et d'avoir signé un pacte avec Satan:*

Un jour, certain seigneur du voisinage, étant venu avec d'autres lui rendre visite, remarqua un superbe faucon au poing d'un de ses familiers. Il le demanda: il l'obtint. Or, ce faucon se mit à lui serrer si fort la main qu'il lui fit mal. S'en débarrasser? impossible. Comme le malheureux s'épuisait en vains efforts, ses compagnons le virent soudain s'élever en l'air avec le rapace et bientôt ils ne le virent plus. C'était assurément le diable qui avait pris pour le séduire cette forme d'oiseau*.

* Charles Le Goffic, Auguste Dupouy, *Brocéliande,* Éditions Terre de Brume, 2003. *(Note de l'éditeur)*

*Un halo lumineux surnaturel l'entourait, fascinait tous ceux qui l'approchaient et les invitait à le suivre. Ses adeptes devinrent de plus en plus nombreux et ses idées se répandirent au-delà de Brocéliande, dans tout le diocèse de Saint-Malo, en Saintonge, et même jusqu'en Gascogne. En 1148, Éon fut finalement arrêté sur l'ordre du pape Eugène III. Il n'opposa aucune résistance et fut interrogé lors du Concile de Reims en présence d'un millier de prélats.*

Le président lui demanda son nom.

– Je suis celui qui doit venir juger les vivants et les morts, répondit Éon.

– Quel est ce bâton fourchu que vous tenez à la main ?

– C'est le sceptre du monde : quand les deux pointes de la fourche sont tournées vers le ciel, Dieu est maître des deux tiers de l'univers et ne me laisse que l'autre tiers ; mais quand elles sont tournées vers la terre, je possède la meilleure part et je ne laisse à Dieu que la plus petite*.

*Toute l'assemblée éclata de rire et jugea l'accusé atteint d'une folie douce… ce qui lui permit d'échapper au bûcher, mais pas à la prison, où il mourut peu de temps après. Quant à ses disciples, ils furent poursuivis, refusèrent de se repentir et la plupart d'entre eux périrent brûlés,* "non sans avoir été au préalable copieusement exorcisés comme démoniaques". *Le prieuré de Moinet fut détruit et ses pierres servirent à construire, non loin*

* Émile Souvestre, *Le Foyer breton,* 1844, Éditions Terre de Brume, 2000. Extrait. *(Note de l'éditeur)*

*de là, le village de* ***Folle Pensée*** *et le* ***château du Rox****. Qui était au juste Éon de l'Étoile* ? Un magicien, un sorcier, un hérétique, un dément, ou bien un révolutionnaire, apôtre du partage égalitaire des richesses, communiste avant l'heure ? Difficile de répondre, toujours est-il que son souvenir est resté vivant dans la région, notamment à* ***Concoret****, où une rue porte encore son nom.*

•

## Le pêcheur et le vieux Guillaume

*En raison de leur participation à la supposée hérésie de Éon de l'Étoile, les habitants de* ***Concoret*** *furent dès lors appelés "les sorciers" dans tout le pays, et cette réputation les a longtemps poursuivis. Ces nombreux suppôts de Satan, dont le recteur faisait partie, étaient accusés de se réunir la nuit pour danser un sabbat endiablé dans les clairières ou les aires à battre le grain des villages environnants. Ils scellaient bien sûr de dangereux pactes avec le vieux Guillaume, l'un des surnoms du Diable.*

Il y avait autrefois, au bourg de **Konkored**, un pêcheur nommé Gourven, bon vivant, et joyeux compère, s'il en fut, mais d'une impiété capable de faire peur à un sorcier héré-

* Ce surnom de l'Étoile lui fut donné, paraît-il, en raison de l'apparition de la comète de Halley en 1148. *(Note de l'éditeur)*

tique, si c'est possible. Jamais il ne jetait ses filets ou ne tendait ses lignes, sans pactiser avec le vieux Guillaume, et l'on ajoute que pour quelques poissons, il lui vendait les âmes de ses meilleurs amis.

Le vieux château de Komper* était alors renommé dans le pays ; mais cette renommée était de telle sorte que les honnêtes gens, à l'heure des ténèbres, évitaient de passer sous ses créneaux assombris. On disait que chaque soir, vers minuit, le vieux Guillou conduisait sa troupe cornue danser sur les eaux de l'étang, pour la rafraîchir un peu au milieu de la brume épaisse ; mais l'étang de Komper passait pour très poissonneux, et Gourven, malgré tous ces bruits, n'attendait que l'occasion d'y jeter ses filets.

Cette occasion, que désirait notre pêcheur endurci, ne se fit pas longtemps attendre. Le seigneur de Komper partit un beau jour pour guerroyer du côté de Vannes, emmenant gardes et valets. Le soir-même, Gourven chargé de ses filets, longeait le bord de l'étang, et troublait par son passage les oiseaux nichés entre les pierres des chaussées et des vieux remparts ; au moment où il allait atteindre le bout de l'étang le plus éloigné du château, il vit venir vers lui un monsieur d'une tournure singulière.

– Qui es-tu ? lui dit Gourven, de l'air d'un bourgeois de Ploërmel qui aborde un paysan de Mauron.

* Ou **Comper** ; cette ancienne forteresse, plusieurs fois détruite et partiellement reconstruite, abrite actuellement le "Centre de l'imaginaire arthurien". *(Note de l'éditeur)*

– Qui je suis, répondit l'autre, en montrant ses pieds fourchus ; je suis le vieux Guillaume, l'ami de ce château.

– Et le mien, répliqua Gourven sans hésiter.

Un éclat de rire se fit entendre au loin sur le milieu du lac, mais l'incrédule pêcheur n'y fit pas attention et reprit :

– Je grossirai ta besace*, mon vieux, si la pêche est bonne, je te donnerai l'âme du recteur de Konkored.

Le diable fit une pirouette à ces mots :

– L'âme du recteur, dis-tu vrai ?

Gourven se rapprocha du vieux rôdeur et lui jeta quelques mots dans son oreille velue.

– Tope-là, dit Guillaume et il s'éloigna.

Comme il disparaissait sur l'étang au milieu de la brume humide et froide, on eût pu l'entendre marmotter entre ses dents qui grinçaient comme une serrure rouillée :

– Trois âmes pour une : un pêcheur et un sorcier… et le recteur de Konkored… hi, hi, hi…

Gourven mit alors ses filets à l'eau… quelque temps après — une heure du matin sonnait dans la tour de Komper — il voulut les retirer, et s'apercevant d'une résistance extraordinaire :

* On dit que Satan met dans une besace les âmes damnées qu'il ramasse sur la terre. *(Note de l'auteur).*

En échange de l'une d'elles, Jésus lui permit de remplacer pendant une journée le recteur de Concoret et il parvint à corrompre les trois seules familles encore honnêtes du bourg… Cf. Émile Souvestre, "Le diable devenu recteur", *Le Foyer breton, ibid. (Note de l'éditeur)*

– Ah ! vieux Guillaume, s'écria-t-il, tu tiens parole, je crois.

Et comme il lui semblait voir les poissons grouiller dans les mailles et leurs écailles briller à la clarté des étoiles, il redoubla d'efforts pour amener le filet, serra la corde autour de sa ceinture et se rapprocha du bord. Mais le filet ne cédait pas ; au contraire le poids augmentait sans cesse et entraînait déjà le pêcheur qui suait à grosses gouttes et jurait comme un maquignon ; tout son corps était penché au-dessus de l'eau, l'équilibre allait lui manquer. Il fit un effort inutile pour détacher de sa ceinture la corde roidie du filet ; puis entraîné par une force surnaturelle, Gourven tomba dans l'étang et disparut sous les eaux profondes… où le vieux Guillaume repêcha son âme…

Ernest du Laurens de La Barre, "Le pêcheur de Konkored",
*Contes populaires de Bretagne, ibid.*

•

## Le chêne à Guillotin

À la sortie du village de Concoret, en direction de **Tréhorenteuc**, au lieu-dit Les **Rues Éon**, se dresse toujours un arbre remarquable. Âgé de plus de mille ans, ce chêne creux a vingt mètres de hauteur, dix de circonférence et fière allure. Des trésors auraient été enfouis en dessous par Éon de l'Étoile et ses compagnons.

Mais il est surtout associé à l'abbé Guillotin dont il porte le nom. Vicaire à Saint-Servan, ainsi que de nombreux ecclésiastiques, il avait refusé de prêter serment à la Constitution civile du clergé imposée par la loi du 26 décembre 1790. Considéré dès lors comme un brigand rebelle, en but aux persécutions, il s'était réfugié à Concoret, son village natal où il avait continué d'administrer les bénédictions et les sacrements, bien évidemment dans le plus grand secret. En cette période de révolution, la région était divisée en deux clans : les Blancs, royalistes, et les Bleus, républicains ; ces derniers ont probablement dénoncé le Père Guillotin. La nuit du 6 octobre 1793, deux cents gardes nationaux de **Paimpont** et des gendarmes de **Plélan** sont arrivés à Concoret dans le but d'arrêter le prêtre réfractaire. Mais ils ont eu beau fouiller les maisons, les étables, les granges, battre les bois et les buissons, ils sont revenus bredouilles. L'abbé aurait trouvé refuge dans le tronc creux de ce grand chêne. En voyant une toile d'araignée devant la cachette du fugitif, les Bleus auraient renoncé à la fouiller. Miraculeusement sauvé, l'abbé a attendu quelques jours avant de sortir, le temps que les soldats républicains se soient éloignés. Par la suite, il a écrit dans ses mémoires qu'il devait son salut à Notre-Dame-de-Paimpont transformée en araignée pour tisser cette toile protectrice…

D'après Charles Le Goffic, Auguste Dupouy, *ibid.*

# Le Val-sans-Retour

*Labyrinthe de vallons sinueux, d'escarpements rocheux pourpres, le* ***Val-sans-Retour*** *de la Forêt de Paimpont a été assimilé au domaine enchanté où la fée Morgane retenait prisonniers les chevaliers infidèles à leur dame, même en pensée*.*

*Le roman médiéval* Claris et Laris *se déroule en grande partie dans ce lieu devenu mythique. Épris de la reine Lidaine, le chevalier Claris décide de s'éloigner de la cour du roi Ladon de Gascogne dont elle est l'épouse. Il part à l'aventure avec Laris, le jeune frère de la reine, comme lui nouvellement adoubé. Après avoir affronté démons et brigands, libéré une reine et sauvé des chevaliers de la Table Ronde, ils poursuivent leur route dans l'espoir d'accomplir des exploits extraordinaires et d'être enfin admis à la cour du grand roi Arthur.*

* Cf. *Petites Histoires de la Table Ronde, ibid.* En 1824, le Val-sans-Retour a été localisé dans la vallée du Mel, au nord du **Tombeau de Merlin**. L'installation d'une usine métallurgique a entraîné sa délocalisation en 1853 de l'autre côté de la forêt. *(Note de l'éditeur)*

À midi, ils atteignent "l'entrée de la riche lande* qu'on appelle Brocéliande"... Sous la voûte d'un grand portique en forme d'arc magnifiquement décoré sont gravés en lettres d'or les merveilles et les périls de cette forêt à nulle autre pareille. Une multitude de bêtes sauvages s'y ébattent : des chevreuils, des cerfs, des biches, des lièvres, des sangliers et des ours, mais aussi des singes, des léopards, des lions et des vautours. Et surtout, des fées d'une beauté surnaturelle y ont établi leur riche demeure.

Ébahis, les jeunes gens s'y aventurent jusqu'au sommet d'une montagne où se dresse un lugubre château en pierres noires. En s'approchant, ils ont l'impression qu'il est en feu. Leurs chevaux se cabrent et refusent d'avancer. Ils les abandonnent et franchissent la porte à pied malgré les flammes qui s'éteignent subitement comme par enchantement. Plus redoutable encore, la seconde porte est gardée par quatre vigoureux léopards qu'ils affrontent hardiment et laissent gisant à terre. La troisième porte est fort étroite et deux géants les agressent à coups de massue dès qu'ils s'y engagent. Protégés par leurs boucliers, Claris et Laris font si bien tournoyer leurs épées qu'ils leur tranchent la tête. Sans même avoir eu le temps de reprendre haleine, ils doivent encore jouter contre deux chevaliers qu'ils terrassent après une rude lutte.

* Au Moyen Âge, une "lande" désignait une contrée boisée, et non, comme actuellement, un terrain où ne poussent que des bruyères, des genêts et des ajoncs. *(Note de l'éditeur)*

– Accordez-nous votre grâce et nous vous conduirons auprès de notre seigneur Dampnas, supplient les vaincus. Avec Merlin c'est le plus puissant enchanteur au monde. Il peut faire trembler la terre, tomber la pluie, remonter les ruisseaux à leur source, amener en plein jour l'obscurité de la nuit, donner aux bêtes l'apparence d'hommes… Nuit et jour, il garde la forêt de Brocéliande et nul ne peut y entrer sans sa permission.

Mais nos deux héros ne se laissent pas impressionner par la puissance de Dampnas :

– Messires, leur dit l'enchanteur, grâce à votre bravoure, vous avez réussi à surmonter les épreuves que je vous ai imposées et à pénétrer dans mon périlleux château. Restez donc quelque temps ici.

– Nous y demeurerons trois jours à condition qu'on nous ramène nos chevaux.

– Bien volontiers ; je ne puis rien refuser aux meilleurs chevaliers du monde. D'ailleurs, je vous permets de parcourir ma forêt à votre gré.

Pendant trois jours, ils jouissent de la somptueuse hospitalité de Dampnas et reprennent leur route. Dans la soirée, ils entendent un mélodieux concert mais, étrangement, il n'y a pas le moindre musicien à la ronde. Soudain, apparaît une belle demoiselle qui les salue en disant :

– Seigneurs, si vous le désirez, je peux vous mener en un lieu où vous serez fort bien reçus.

Comme la nuit tombe, les chevaliers acceptent et la suivent dans une agréable vallée parsemée de splendides logis d'où émane la musique céleste qu'ils ont entendue. En se retournant, ils ne voient plus le chemin par lequel ils sont arrivés et s'en étonnent auprès de la jeune fille.

– Vous le saurez bien assez tôt quand vous serez au château, leur répond-elle.

Ils franchissent une autre porte et découvrent la plus belle ville qu'ils aient jamais vue. Ses rues sont tendues de riches tapisseries en soie, garnies d'or et d'argent, mais elle semble complètement déserte. La demoiselle les conduit dans un grand palais où douze dames les désarment, les revêtent de somptueux manteaux et les invitent à s'asseoir. Placé à côté de l'une de ces ravissantes créatures, Laris lui demande qui elle est.

– Je suis Morgane, la demi-sœur du roi Arthur, et je suis une fée ainsi que mes compagnes. Vous êtes ici chez moi et, désormais, vous devrez passer le reste de votre vie avec nous. En échange, vous serez grandement honorés et tous vos désirs seront exaucés. Mais vous ne pourrez jamais sortir d'ici…

– Dame, s'écrie Claris fort en colère, vous n'avez pas le droit de nous retenir de force !

– Messires, vous êtes seuls responsables, vous n'auriez pas dû entrer ici…

Inquiets, les chevaliers ne goûtent guère au délicieux repas de viandes qui leur est servi avant d'être conduits dans une superbe chambre à coucher où Laris s'endort aussitôt. Tout à son amour malheureux pour Lidaine, Claris ne parvient pas à trouver le sommeil et ses plaintes ne tardent pas à réveiller son ami. Ce dernier le presse si instamment de questions que Claris ose finalement lui avouer qu'il aime sa sœur Lidaine. Nullement indigné, Laris le rassure et lui donne même l'espoir qu'un jour son amour pourrait être partagé.

– Mais d'abord, ajoute-t-il, il faut nous échapper d'ici !

Dès l'aube, tandis que Claris dort toujours, Laris se lève et sort de la chambre. Il se retrouve dans un merveilleux jardin où il rencontre l'une des fées nommée Madoine. Appuyée contre un arbre, elle orne sa chevelure de roses. Il s'avance vers elle et la salue ; elle le fait asseoir auprès d'elle et… l'amour s'allume en son cœur, le fait battre et l'attache pour toujours au beau Laris. Elle lui prend la main et ne peut s'empêcher de lui donner un baiser.

– Beau sire, lui dit-elle d'une voix douce, voudriez-vous devenir mon ami ?

– Dame, j'en serai fort heureux si toutefois vous acceptiez de me dire…

– Tout ce que vous voudrez ! Que souhaitez-vous donc savoir ?

– Connaître la route par laquelle nous sommes arrivés ici. J'aimerais de temps en temps aller chasser dans la forêt pour me divertir. Mais je promets de revenir ensuite auprès de vous.

– Mes compagnes me tueraient si elles apprenaient que je vous ai indiqué comment sortir d'ici. Je le ferai néanmoins, mais auparavant, je voudrais être assurée de votre amour.

 Laris l'enlace et ne repousse pas ses avances. Le prenant

par la main, Madoine le mène ensuite près d'un mur et lui montre une pierre :

– Doux ami, cette pierre magique ouvre et ferme l'accès à cette vallée, c'est mon œuvre et celle de mes consœurs les fées. Essayez de la faire bouger !

Laris tourne un peu la pierre et le chemin apparaît mais il s'efface de nouveau dès qu'il la remet en place. Il serre alors la jolie fée entre ses bras et l'embrasse plus de cent fois. Puis il retourne dans sa chambre où il trouve Claris très abattu.

– Reprenez courage, je connais le moyen de nous enfuir et nous le ferons dès que possible !

Les chevaliers restent trois jours dans le château de Morgane. Le quatrième, dès l'aube, ils prennent leurs armes, montent à cheval et partent sans prendre congé. Après avoir fait virer la pierre, ils s'engagent sur le chemin et chevauchent à travers la grande forêt. Dans l'après-midi, ils arrivent à la Roche Perdue sur laquelle se dresse un magnifique château *.

Un violent combat s'engage alors avec les vaillants chevaliers de ce domaine car nul ne peut y être hébergé s'il ne joute avec succès contre eux. Ces derniers vaincus, nos deux héros reprennent leur route sans rencontrer âme qui vive. Surpris par la nuit, ils s'arrêtent et sont soudain attaqués par trois lions. Claris en tue un, Laris un autre, et le troisième s'enfuit en rugissant, mais il revient bientôt avec une bande de bêtes

* Selon la légende, il avait été construit par Merlin qui y recelait d'immenses trésors. *(Note de l'éditeur)*

féroces, composée d'ours, de loups, de tigres et de léopards. Les deux amis ont bien du mal à se défendre, mais heureusement le jour paraît et ces terribles animaux regagnent leurs tanières. Après quoi, ils sortent de la forêt de Brocéliande et finissent par arriver à la cour du roi Arthur où leur renommée les a précédés. Ils sont accueillis avec tous les honneurs dus à de pareils champions.

*Après avoir aidé Arthur à vaincre les Romains, ils sont appelés au secours par Ladon de Gascogne, assiégé à Toulouse par le roi d'Espagne. Assistés de dix chevaliers bretons, ils réussissent à lever le siège malgré leur petit nombre, mais Claris est gravement blessé. Soigné avec beaucoup de dévouement par la reine Lidaine, il s'enhardit à lui déclarer son amour, mais celle-ci s'en indigne et, dès qu'il est guéri, lui demande de partir.*

Claris reprend donc le chemin de la Bretagne avec Laris et les dix chevaliers bretons. Ils dressent un pavillon dans un bois pour y passer la nuit. Vers minuit, Madoine survient avec deux autres fées.

– Ce chevalier, dit Madoine à ses consœurs en leur montrant Laris, est mon très doux ami et je porte son enfant en mon sein. Aidez-moi à l'enlever car je l'aime de tout mon cœur.

Elles l'emportent bien loin dans leur vallée secrète et le déposent dans une tour aux épaisses murailles de marbre. Sa chambre est spacieuse mais les fenêtres sont munies de solides barreaux de fer et deux hommes sauvages en gardent la porte à tour de rôle, ne laissant entrer que Madoine. Ces monstrueuses créatures ont des têtes de loup, des dents de sanglier, des cheveux noirs comme l'encre, des ongles longs comme des serpents et des yeux ardents comme le feu. Quatre autres géants aussi terribles veillent sur la pierre magique qui ouvre et ferme le chemin du val enchanté. Surpris en s'éveillant de se trouver seul en ce lieu inconnu, Laris se désole mais Madoine survient :

– Doux ami, lui dit-elle, soit vous acceptez de vivre ici avec moi dans le plaisir, soit il vous arrivera malheur.

– Jamais je ne pourrai vous aimer sous la contrainte !

Cependant, les frères d'armes de Laris sont partis à sa recherche. Après avoir convenu de se retrouver dans un an à la cour du roi Arthur, chacun s'est mis en route de son côté.

Ayant longtemps chevauché, Keu, le sénéchal du roi Arthur, pénètre dans Brocéliande, la si grande forêt que tous redoutent. Affamé, assoiffé et sans gîte, il est transi de froid en ce temps de Noël. Finalement, il descend de son cheval, l'attache à un arbre et se blottit bien profondément dans un tas de mousse. Le lendemain matin, il voit venir vers lui l'un des gardiens de Laris et le prend pour un diable tant il est épouvantable. Le sénéchal tremble tellement de tous ses membres que le géant aux yeux de braise le repère dans sa cachette, le saisit par une jambe et le livre à Madoine. Keu raconte sa quête à la fée qui le mène auprès de Laris. Quel bonheur de se retrouver pour les deux compagnons de la Table Ronde !

Pendant ce temps, se doutant que Laris a été enlevé par les fées, Claris s'est lui aussi enfoncé dans l'épaisse forêt. Mais il a beau chercher l'entrée de la secrète vallée, il ne réussit pas à la découvrir. Comme le soir tombe, il se résigne à passer la nuit dans un tas de mousse pour se protéger du froid. Dès l'aube, l'un des gardiens de Laris aperçoit son cheval et s'élance vers lui pour s'en emparer.

– Vilain, s'écrie Claris, vous ne le prendrez pas !

Le géant abat sa massue sur le chevalier qui esquive le coup et se jette sur son agresseur, le saisit par les cheveux, le renverse à terre et s'apprête à lui couper la tête.

– Messire, épargnez-moi et je vous conduirai auprès de douze fées qui vous traiteront comme un empereur.

– N'y a-t-il aucun homme parmi elles ? demande Claris.

– Si, deux chevaliers : Keu et Laris.

À ces mots, Claris est transporté de joie et accorde sa grâce au géant à condition qu'il lui obéisse en tout.

– Vous devrez m'aider à délivrer mes compagnons d'armes.

– Seigneur, cela ne sera pas facile. Cachez-vous dans ce tas de mousse et je vous porterai sur mon dos, sans que personne ne vous voie, jusqu'à la prison de Laris.

Ainsi fait-il et, dès que l'autre gardien s'en est allé, il délie son fardeau et en fait sortir Claris qui retrouve son ami avec bonheur. Lorsque Keu entre dans la chambre, il saute de joie en voyant Claris :

– Est-ce cet affreux diable qui vous a amené ici ? Il a bien failli me tuer !

– N'ayez crainte, lui répond Claris, il est désormais notre fidèle allié. Grâce à lui, nous savons que Madoine est allée s'ébattre à travers le monde avec quatre de ses semblables. Nous profiterons de son absence pour fuir d'ici dès ce soir.

Le bon géant tient, en effet, sa promesse. Il tue l'autre gardien d'un coup de couteau. Puis il sert à boire et à manger aux trois chevaliers et, dès que la nuit est tombée, il les accompagne jusqu'à la pierre magique surveillée de près par quatre géants. Claris décapite l'un d'eux, Laris étourdit le second d'un coup de bâton. Quant aux deux autres, ils prennent la fuite. Laris fait tourner la pierre, le chemin s'ouvre, et les voilà sauvés !

Une année s'étant écoulée, ils rejoignent, comme convenu, leurs compagnons à la cour du roi Arthur qui organise un grand tournoi en leur honneur. Laris s'y montre très courageux mais il est gravement blessé. La belle Marine, fille du roi Urien et sœur d'Yvain, le soigne et, en cette occasion, l'amour enflamme leurs cœurs.

*Sur ces entrefaites, le vieux roi Ladon meurt et le roi d'Espagne en profite pour envahir la Gascogne et enlever la reine Lidaine. Claris et Laris accourent avec mille chevaliers du roi Arthur. Après de durs combats, l'Espagne est conquise et Arthur en donne la royauté à Claris qui épouse Lidaine, désormais veuve. Cependant, Laris se consume d'amour pour la belle Marine.*

– Si je ne la revois et n'obtiens sa main, j'en mourrai, avoue-t-il à Claris.

Dès le lendemain, Claris et Lidaine prennent la direction de la cour du roi Arthur avec Laris qui espère y retrouver sa bien-aimée. Ils chevauchent des jours et des jours pour contourner Brocéliande et les sortilèges des fées. Mais en arrivant, ils apprennent que Marine vient d'être enlevée par le roi du Danemark qui veut l'épouser de force. Nos héros partent immédiatement à son secours.

*Bien des épreuves les attendent encore… Mais ni la magie de la fée Madoine ni les ennemis danois ne viendront à bout de nos vaillants chevaliers. Au terme de nombreuses prouesses, Laris deviendra roi du Danemark et épousera la belle Marine dans la plus grande liesse.*

*Ainsi se terminent les extraordinaires aventures de Claris et Laris en la forêt de Brocéliande.*

D'après *Claris et Laris,* roman anonyme, 1268.

# Et pour finir… L'Arbre d'Or

En septembre 1990, un incendie, probablement d'origine criminelle, a ravagé le **Val-sans-Retour** et les landes voisines. Après cette catastrophe, les dons ont afflué permettant le reboisement et l'implantation, à l'entrée du Val-sans-Retour, au bout de la digue du **Miroir aux Fées**, d'un "**Arbre d'Or**" entouré de cinq chênes carbonisés.

C'est l'œuvre du sculpteur François Davin qui a recouvert un châtaignier calciné de cinq mille feuilles d'or, un métal inaltérable associé à l'immortalité. Sa forme évoque la tête et les bois d'un cerf, souvent comparé à l'arbre de vie et censé passer les âmes dans l'Autre Monde.

Cet animal familier de l'enchanteur Merlin délivre un message d'espoir et de renaissance. Puisse ce symbole lumineux protéger longtemps encore cette merveilleuse et périlleuse forêt des contes et légendes !

# TABLE DES MATIÈRES

*Carte de Brocéliande*........................................6

*Des lisières au cœur de la forêt enchantée* ........................................7

**Gaël et Saint-Méen-Le-Grand**

Le gardien des cultures, d'après G. Robreau ........................................11

**Le Gué-de-Plélan et ses environs**

La précieuse couronne, d'après A. Orain ........................................14

Les filles des Forges-de-Paimpont, par A. Orain ........................................18

**Le Château de Trécesson,** d'après C. Le Goffic et A. Dupouy ............21

**La Lande de Tréhorenteuc**

Le Jardin aux Moines, par E. du Laurens de La Barre ....................23

La semaine des Korigans, par E. du Laurens de La Barre ..................*30*

**La Fontaine de Barenton**
Une source très visitée ....................................................... 35
Les trois fées marraines, d'après *Brun de La Montagne* ..................... 39
Le chevalier noir aux armes blanches et la belle Sidoine,
d'après *Ponthus et Sidoine* ................................................ 44
La bûche d'or, par A. Orain .................................................. 50

**Montfort-sur-Meu et sa cane**, par P. Sébillot ............................ 60

**Le Tombeau de Merlin**, d'après R. de Boron ............................... 63

**Concoret, le "Val des Fées"… et des sorciers**
Le mystérieux moine, d'après C. Le Goffic et A. Dupouy .................... 72
Le pêcheur et le vieux Guillaume, par E. du Laurens de la Barre .......... 75
Le chêne à Guillotin, d'après C. Le Goffic et A. Dupouy ................... 78

**Le Val-sans-Retour**, d'après *Claris et Laris* ............................ 80

**Et pour finir… l'Arbre d'Or** ............................................... 91

Impression réalisée en France par Présence Graphique
pour le compte des éditions Terre de Brume en février 2010
Dépôt légal : mars 2010
N° d'impression : 021034567